Grazie a Maurizio ed Elena.

Testo: Silvana De Mari
Pubblicato in accordo con MalaTesta Lit. Ag. Milano

Illustrazione di copertina: Nicoletta Ceccoli
Progetto grafico copertina: Rocio Isabel Gonzalez
Progetto grafico interno: Romina Ferrari

www.giunti.it

Prima edizione: settembre 2015

Ristampa					Anno			
5	4	3	2	1	2018	2017	2016	2015

MISTO
Carta da fonti gestite
in maniera responsabile
FSC® C023532
www.fsc.org

Stampato presso Giunti Industrie Grafiche S.p.A – Stabilimento di Prato

SILVANA DE MARI

HANIA

Il Cavaliere di Luce

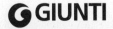
GIUNTI

A tutti coloro
che hanno osato
recitare una storia diversa
da quella che per loro
era stata scritta.

IL RE MAGO

Le ultime stelle splendevano gelide al di sopra della torre. Il freddo era assoluto, il mondo era intirizzito di brina, l'anima del vecchio mago era gelata di orrore, e in tutto questo arrivava fino a lui il russare quieto del paggio che, nella stanza interna della torre, dormiva beato di fianco alle ultime braci del camino.

Persino in quel momento di dolore la mente del vecchio mago si distrasse a pensare come la stoltezza fosse una protezione dalla sofferenza, una specie di cuscino di piume che accoglieva il sonno degli sciocchi.

Poi la mente del mago tornò alla malefica realtà di quell'istante.

Sciami crudeli di orride meteore rossastre avevano afflitto il cielo per tutta la notte. I gufi si erano azzittiti, le civette erano ammutolite, le lucciole avevano smesso di brillare, uccise dal gelo inaudito di quella notte che avrebbe dovuto essere di mezza estate.

Un orrore cupo aveva penetrato ogni creatura che avesse osato posare i suoi occhi su quell'agghiacciante evento, un gelo assoluto che cominciava dagli occhi e finiva nell'anima. Un dolore incondizionato, una disperazione illimitata avevano ferito coloro che avevano osato apprendere la conoscenza, e risparmiato quelli che se ne erano rimasti a russare.

Il vecchio mago si era reso conto che la traiettoria tracciata dalle meteore erano lettere, rune di una lingua ormai scomparsa, ed era rimasto, con gli occhi che si riempivano di un orrore che arrivava fino all'anima corrompendola, e al cuore distruggendolo, per decifrare il messaggio.

Il vecchio mago ne era stato annientato.

Con le prime luci dell'aurora le meteore si erano diradate, poi erano scomparse. L'incubo era finito. Una finzione di pace poteva finalmente avvolgere il mondo.

Il vecchio mago non era certo di potersi ancora reggere in piedi. Gli occhi gli bruciavano, la bocca era secca, la fronte in fiamme.

Il vecchio mago era disperato.

Gli astri si erano allineati, le galassie avevano usato tutta la loro cieca e ottusa potenza perché quell'oscuro e osceno miracolo si compisse: migliaia di luci maligne avevano portato il messaggio. La distanza le aveva rese minuscole, ma non meno orribili.

Il mago cercò la brocca dell'acqua, posata a terra in un angolo della torre, e tentò di versarne nel palmo della mano. L'acqua forse lo avrebbe ancora salvato, poi sarebbe stato troppo tardi, nulla avrebbe più fermato la sua morte imminente. Ma la brocca conteneva solo scarafaggi, grassi vermi biancastri, scolopendre, putridume. Il mago la lasciò inorridito, la guardò cadere e infrangersi. I vermi si sparpagliarono sul pavimento di terra battuta, poi si dissolsero in un fumo denso e sudicio. Il vecchio mago ebbe l'impressione di udire, dispersa nelle lontananze, una gelida risata.

Quell'ultimo ignobile e sconcio prodigio lo condannava a morte. L'unico antidoto, l'acqua, gli era stata negata. I pochi istanti che lo separavano dal pozzo erano troppi.

Era la fine, l'ultima conferma, se ancora ce ne fosse stata necessità, se ancora con un sussulto di ingenuità avesse osato dubitare, che un Oscuro Signore esisteva e stava completando il suo disegno di dannare il mondo.

Il vecchio mago barcollò. Era stato un re nella sua giovinezza, aveva conquistato con la sua saggezza il trono rimasto vacante del regno e lo aveva difeso con una lunga guerra dai paesi più minacciosi, nazioni ben più grandi, che da tutte le parti lo circondavano.

Sei dei suoi figli erano periti in quella guerra infinita, la Guerra della Peste era stata detta, perché, oltre alle armate, anche il morbo aveva infuriato, e la carestia e la morte.

Aveva scavato sei tombe, sette con quella della sua sposa morta di dolore, e aveva fatto incidere le lapidi. Tutti erano dovuti andare alla guerra non appena in grado di reggere un'arma, prima di poter avere la felicità di un talamo e una discendenza. Polvere erano tornati senza lasciare nulla al mondo se non il ricordo.

Il suo settimo figlio, l'unico sopravvissuto a quegli anni terribili, aveva raggiunto la vittoria, il più splendido principe che il suo piccolo regno avesse mai avuto.

Il re Mago aveva abdicato.

Che il figlio regnasse al suo posto, perché era un re ben più grande di lui: se lui era stato il re Mago, suo figlio era il re Cavaliere. Le regole d'onore erano la sua anima e la sua guida: il coraggio, la generosità, la compassione, la protezione dei meno fortunati, di chiunque potesse avere bisogno di lui.

Suo figlio aveva regnato per venti anni. Erano stati, quelli del suo governo, gli anni migliori per il regno, i più prosperi, fino al giorno tremendo in cui era morto, ucciso da un misterioso attacco di tigri bianche.

Alla sua morte di nuovo i torvi vicini avevano attaccato, e di nuovo loro erano riusciti a respingerli, e questa era stata la Guerra dei Due Inverni.

Anni di pace erano seguiti, ma ora di nuovo il mondo aveva ricominciato a sprofondare nel caos.

Le nazioni che li circondavano erano sempre più minacciose, e la nobile schiatta dei traditori aveva cominciato ad attecchire anche nel loro piccolo regno. La giustizia si stemperava nella distanza, le leggi nelle lande più meridionali si perdevano, disattese, dimenticate sotto coltri di polvere e ragnatele.

Durante il suo regno, suo figlio si era congiunto in matrimonio con una giovane principessa, Liria. Tutti avevano sperato che il giovane re potesse avere una nidiata di figli, e invece c'era stata un'unica principessa, Haxen, nata dopo una gravidanza tardiva, difficile e troppo breve, e nessun erede maschio. E Haxen era giovane, aveva solo diciannove anni, ed era sola, nessuno sposo al suo fianco. Ancora non era comparso un uomo che valesse quanto lei, che fosse degno di prenderla in sposa e aiutarla a regnare.

Il vecchio mago sentì come non mai la mancanza di suo figlio, non solo perché non lo aveva più, perché la nostalgia di lui lo squassava, lo sconvolgeva, ma perché aveva bisogno in quel momento di un uomo d'onore, un uomo giovane, che prendesse le decisioni, ma questo uomo non c'era, quindi doveva decidere lui.

Decidere cosa fare dopo quella notte terribile. Doveva dare l'allarme, doveva avvertire.

ᘒᘓ

Il mago riuscì barcollando a scendere sulla stretta scala a chiocciola che si arrotolava attorno alla torre. Cadde. Rotolò, si rialzò. Perdeva sangue dal viso, dalle ginocchia e dai gomiti. Era un vecchio e stava morendo. Guardare le meteore aveva distrutto il suo cuore, che ora dava gli ultimi irregolari battiti.

Raggiunse la base della torre, spinse la porta di legno, entrò nella grande stanza. Un camino dava ancora qualche calore. Per terra dormiva il paggio.

Protetto dalle mura, dalla sua giuliva età, dal suo sonno profondo e infinito come la sua abissale imbecillità, mentre si dichiarava l'imminente fine del mondo, il paggio russava, lieto come un ghiro, sereno come un fringuello.

Il mago doveva svegliarlo. Lo avrebbe volentieri svegliato a calci: lo esasperava quel suo dormire tranquillo, mentre il mondo correva verso il baratro. Per un istante ebbe l'impressione di detestare di più il paggio di quanto non odiasse l'Oscuro Demone che voleva incatenare il mondo nel buio e nel dolore. Lo avrebbe svegliato per dirgli di prendere il suo cavallo e correre, senza fermarsi, avvertire tutti. L'obbrobrio era successo.

Quella notte il Signore delle Tenebre aveva generato un figlio nel ventre di una donna.

Il mondo avrebbe potuto essere distrutto da quella creatura. Ci sarebbero stati siccità, e un caldo torrido che avrebbe reso ogni cosa arida e morta, e la carestia sarebbe sorta, e con essa la fame e la guerra, perché i popoli, quando il grano era poco, se lo contendevano con le armi. Sui morti si sarebbero posati nugoli di mosche e con il loro volo si sarebbero alzate le ali nere delle epidemie. Il Signore degli Abissi avrebbe di nuovo tentato il suo attacco al mondo per asservirlo, come già aveva fatto altre volte, quando aveva fallito perché il coraggio degli uomini lo aveva fermato. Il coraggio degli uomini e la loro unione: gli uomini avevano combattuto tutti insieme, le loro spade si erano incrociate con le armate di orchi e troll e demoni. Il sangue aveva infarcito la terra. Il lamento delle vedove e degli orfani aveva avvolto la terra come una coltre di nebbia, ma le armate del Demone degli Abissi erano sempre state fermate. Ora lui avrebbe colpito un mondo diviso e immiserito, un'umanità già ferita. Questa volta avrebbe vinto.

Ma c'era qualcosa che non era chiaro. Il vecchio mago si fermò. Doveva pensare. Non aveva tempo, stava morendo, ma doveva ugualmente pensare, non poteva commettere errori. Un dubbio lo colse.

La domanda era: perché l'Oscuro Signore avrebbe creato le meteore rosse così da permettergli, sia pure a costo della sua vita, di conoscere le sue trame e il suo pensiero? Non era un dubbio così balzano. Quando si tessono oscure trame per perdere il mondo, una strategia essenziale è tenerle segrete. Lui invece aveva avuto possibilità di accedere alla mente del Maligno Signore: avrebbe perso la sua vita dopo una notte di agonia per accedervi, certo, ma ugualmente non aveva senso. Forse era perché, come dicevano le comari nelle cucine, l'O-scuro Signore fa le pentole ma non i coperchi e alla sua magia manca sempre un pezzo; è molto furbo, ma fondamentalmente stupido, visto che furbizia e intelligenza sono ben lontane dall'essere la stessa cosa, e la sua astuzia non è mai totale.

Finalmente il vecchio mago capì.

L'Oscuro Signore voleva che la notizia si sapesse. Lo aveva fatto apposta. La crudeltà si sarebbe scatenata. Sapendo che un figlio del Demone dell'Oscurità, un mostro in forma di bambino era stato concepito, il risultato sarebbe stata la persecuzione dei bambini. Se la notizia si spargeva era possibile che nel panico molti bambini nati da lì a nove mesi finissero massacrati. E quindi vendicati dai loro parenti: altri morti, altro odio. Si sarebbe trattato della peggiore delle guerre possibili, sarebbe stata una guerra totale: tutti contro tutti.

Il vecchio mago doveva dare l'allarme e contemporaneamente tenere tutto celato. Se la notizia si fosse sparsa, il disastro sarebbe successo.

Questo era il piano dell'Oscuro Signore: o permettevano al mostro in forma di bambino che lui aveva generato di vivere fino a che non li avesse distrutti, o, per cercare di annientarlo, avrebbero ucciso bambini innocenti perdendo la propria anima.

L'Oscuro Signore voleva metterli con le spalle al muro: avrebbero perso il loro mondo oppure la loro anima.

Doveva trovare una terza strada. Nel momento più scuro sapeva di aver penetrato qualcosa: era riuscito a carpire l'ultima fondamentale informazione. Il neonato avrebbe forse avuto sul polso sinistro, incisa come una bruciatura fatta con il ferro rovente, l'immagine rossastra di una delle oscene meteore. Non ne era certo, era una probabilità, ma nel caso tutto sarebbe stato salvato.

Doveva scrivere alla regina Liria, doveva avvertirla. Certo, questa era l'idea giusta, solo lei. Lei avrebbe saputo agire.

Ma solo lei, perché lei, con la sua saggezza, con il suo coraggio, cercasse il neonato, interrogando le madri su un concepimento strano, assurdo, fuori di ogni regola avvenuto quella notte. Ed era sbagliato dire "neonato", perché in realtà sarebbe stato una creatura orrenda, un mostro, una bestia maligna in forma di bambino. La regina Liria avrebbe avuto il coraggio di uccidere un neonato, o comunque una creatura che di un neonato aveva la forma? Lui avrebbe mai avuto questo coraggio? Sua nuora era una donna forte, e dolce. La sua vita ne sarebbe stata dannata.

Il mago sentì di nuovo, come una ferita aperta, la morte di suo figlio, il re Cavaliere.

Se lui ci fosse stato, se lui fosse stato vivo… I "se" in quel momento non potevano salvare il mondo.

Se almeno suo figlio avesse avuto altri discendenti oltre sua nipote, la principessa Haxen.

Se almeno sua nipote, la principessa Haxen, avesse avuto uno sposo, uno sposo degno di lei e di suo padre!

Di nuovo stava ricadendo nei "se".

Doveva salvare il mondo e disponeva solo della vedova di suo figlio, che era una donna forte e intelligente. Doveva basarsi su questo. E su se stesso. Sulla sua capacità di avvertirla.

La prima idea che gli era venuta, svegliare il paggio che aveva ai suoi striminziti ordini di uomo anziano per servire le sue miserabili necessità, e raccontargli tutto perché ne riferisse alla regina, era sbagliata, troppo azzardata. Per fortuna se ne era accorto in tempo. Il paggio poi avrebbe parlato, lo avrebbe detto alla cuoca della reggia, che era sua cugina di secondo grado, che lo avrebbe detto al guardiacaccia, che era suo cognato, che lo avrebbe detto a suo suocero il fabbro. La carneficina si sarebbe scatenata perché nel giro di una luna quella storia l'avrebbero saputa anche i sassi.

Il vecchio re Mago si trascinò fino al suo scrittoio, ultimo vestigio di un antico sobrio lusso nell'austera torre dove si era ritirato. Trovò la piuma d'oca con cui scriveva, riuscì, con uno sforzo che gli strappò un gemito e che per poco non lo fece svenire, a levare il tappo e versare l'inchiostro nel calamaio, srotolò una pergamena. Con gli occhi annebbiati, le mani che tremavano, scrisse la sua ultima lettera. Un dolore al petto lo squassava e aumentava ogni istante di più. Il suo cuore stava per fermarsi, il suo cuore stava per rompersi.

∽⣸∾

Mia adorata nuora,
sposa amata del mio amato figlio.
Questa notte è successo un maleficio, un maleficio ignobile, un maleficio terribile. L'Oscuro Signore che da sempre tesse trame per perderci, ha mobilitato le forze del male, così da riuscire a compiere un osceno miracolo, un figlio suo si è formato nel ventre di una donna del nostro regno.
Un suo figlio, che non potrà che essere un agente del male, quindi, e della nostra perdizione. La sua presenza annegherà nel dolore qualsiasi speranza di gioia o di decoro.
A costo della mia vita, che in questo momento sta finendo,

sono riuscito a vedere che la creatura concepita questa notte porterà, probabilmente, sul polso sinistro, incisa come con il ferro rovente, l'immagine di una meteora rossastra.

Questa creatura avrà la forma di un bimbo, ma non sarà un bambino, bensì un'emanazione dell'Oscuro Signore, e quindi non deve vivere.

So cosa vi sto chiedendo. Vi prego, fate che la mia morte non sia inutile. Nessuno deve sapere di questo, o il terrore e la ferocia si scateneranno, solo voi e la mia amata nipote.

Io vi benedico.

Il vecchio mago che era stato re scrisse la firma, poi chiuse e colò la ceralacca, che scese maestosa e lenta, promessa di segretezza e silenzio, e infine il suo anello la trasformò in sigillo.

Finalmente, svegliò il paggio.

«Porta questo alla regina» gli sussurrò. L'altro si mise in piedi, si stirò con calma, poi sbadigliò.

Un lento, lungo sbadiglio.

«Mio Signore, che cosa?» chiese assonnato.

«Porta questo alla regina» riuscì a dire il vecchio mago con l'ultima voce. «Sto morendo, tu porta questo alla regina. Ora».

«Devo cercare aiuto?» chiese il paggio improvvisamente sveglio, per un attimo ebbe una faccia quasi intelligente. Per un attimo, certo. Poi di nuovo il tutto crollò nella solita espressione vagamente bovina, quella che si riusciva a vedere dall'altra parte dell'acne. Lui era stato re, anche un re irascibile, a volte impulsivo, in qualche occasione persino crudele: come era successo che si era ridotto ad avere, come unica incrinatura della sua solitudine, il paggio più dotato di brufoli e meno dotato di arguzia che il minuscolo regno fosse mai riuscito a produrre?

Il vecchio mago detestava quel paggio, lo aveva sempre detestato, con l'età senile gli era venuta una specie di timidezza, forse di umana gentilezza, per cui non aveva mai osato chiedere che glielo levassero dai piedi, sostituito da uno un filo più intelligente, con qualche brufolo di meno. Non era una colpa avere i brufoli, certo, ma lui doveva proprio affrontare la morte con le macchie rossastre e pruriginose dell'altro negli occhi?

Il vecchio mago cercò di riprendere il filo del suo pensiero scacciando le idiozie.

«Lo cercherai alla reggia. La regina mi manderà l'aiuto necessario» disse ancora il mago. «Vai e non fermarti fino a quando non arrivi da lei. È un ordine, ti prego, è il mio ultimo ordine, forse il più importante che io abbia mai dato».

Il paggio finalmente capì. Annuì. Aveva gli occhi pieni di lacrime.

«Certo, mio Signore» mormorò, prese la pergamena e corse via.

Il vecchio si trascinò vicino al camino dove le ultime braci ancora brillavano e forse avrebbero scaldato le sue ossa gelate. Si accucciò per terra, si rannicchiò.

Il dolore al petto era terribile.

Aveva fatto quello che doveva fare.

Affidato a un brufoloso imbecille, il messaggio che avrebbe salvato il mondo era partito. E sarebbe arrivato.

Il vecchio mago stava per rincontrare suo figlio. E suo figlio gli avrebbe detto che era stato bravo, che aveva fatto quello che doveva fare.

Suo figlio era stato in dissidio con lui, più di una volta.

Lo aveva accusato di essere a volte avventato, a volte crudele, a volte troppo attaccato a quel suo dividere l'umanità in "alti" e "bassi", perché un cuore indegno può nascere nei palazzi nobiliari e un cuore di valore può trovarsi in un corpo deforme coperto di stracci miserabili.

Ma questa volta suo figlio gli avrebbe detto che era stato bravo. Anche a tenersi il brufoloso imbecille invece di protestare: era stato bravo. Suo figlio avrebbe approvato. Era per questo, ora se ne rendeva conto, che il paggio se l'era tenuto.

Poteva morire in pace. Li stava per rincontrare. Tutti. Tutti e sette. E la loro madre. Sarebbero stati tutti insieme, su prati infiniti, sotto cieli sterminati.

Era stato bravo.

Poteva morire in pace.

HAXEN

L'orrida notte in cui meteore di sangue avevano imbrattato il cielo, Haxen, principessa del Regno delle Sette Cime, era stata colta dalle tenebre mentre con il suo cavallo percorreva gli ultimi tratti di un piccolo bosco cortese, tutto castagni, noccioli e sentieri puliti, con qualche raro e rado cespuglio di more e rosa selvatica che osavano minacciare i sentieri larghi e ben puliti con le loro piccole spine.

In autunno si mangiavano le more e a primavera si coglievano le rose, in mezzo a cinguettii di uccellini che insieme agli scoiattoli e a qualche gufo erano gli unici abitanti del luogo. Il bosco non era distante dalla reggia, Haxen ci andava da quando era piccolissima e lo conosceva come conosceva il cortile delle cucine. Era il bosco dove il giorno del funerale di suo padre aveva trovato consolazione guardando gli scoiattoli, per questo forse lo amava tanto. E se anche per una qualche inverosimile distrazione lei avesse perso la capacità di orientarsi, ci avrebbe pensato il cavallo a riportarla a casa, come spesso faceva, tutte le volte che Haxen, accovacciata sulla sella, si perdeva nei suoi sogni o nelle sue letture. Allora era lui che forte e paziente ritornava alle stalle, che si aprivano sul cortile delle cucine, cuore della reggia e del regno.

Il buio venne, un buio folle e mai visto, che inghiottì le anime di chi lo guardava, inghiottì il giorno, prima del momento previsto.

Le tenebre avvolsero il mondo e ogni speranza di luce sembrò morire. Le bestie del bosco impazzirono, il bosco stesso impazzì, in fragori di alberi spezzati e turbinio di terra che cancellarono sentieri noti e antichi.

Il cavallo impazzì, disarcionò Haxen e fuggì, altro evento impensabile.

Il cielo cominciò a essere rigato di lacrime di sangue, che riempivano l'anima di un'angoscia mortale che spezzava il respiro e chiudeva il cuore in una morsa di dolore. Il bosco divenne irriconoscibile, un intrico di rovi infinito. In quella luce infernale, Haxen aveva trovato una capanna nella foresta, un rifugio improvvisato, che non aveva mai visto prima e che non fu più in grado di trovare dopo.

Era un luogo bizzarro, era evidente fosse stregato. Fino a quella notte Haxen non era nemmeno stata certa che la magia esistesse, in fondo aveva sempre avuto dei dubbi. Certo suo nonno era un mago, perlomeno lui si dichiarava tale e tale era ritenuto, ma la sottile riga che separava la magia dalla superstizione secondo Haxen non era così netta e certa. Forse, che esistesse una linea di luce che guidava il mondo e una di tenebre che cercava di dannarlo era solo una maniera per indicare il bene e la sfortuna. Suo nonno aveva spesso considerato un maleficio l'assalto di una tigre che aveva annientato suo figlio, il re Cavaliere, il padre di Haxen. Da millenni le tigri bianche vivevano nel loro regno, altere e splendide e mai si era sentito che attaccassero gli uomini. Haxen aveva spesso pensato che forse si era trattato solo di una bestia particolarmente feroce e selvatica.

Quella notte non ebbe dubbi. I malefici esistevano, la stregoneria anche, esisteva il Bene, esisteva il Male e quel luogo maledetto era una propagazione del buio infinito che da sempre veniva a perdere gli uomini, a intrappolare la loro anima. Quel luogo era maleficio. Quel luogo era dolore, un dolore sordido e lurido, osceno e brutale, pieno di nausea e ripugnanza per la stessa vita.

Haxen non voleva entrare nella capanna, ma era la sua unica scelta, se voleva sopravvivere.

I legni che la costruivano erano tutti identici, l'uno all'altro, lisci, come fossero stati falsi, fabbricati ad arte in un materiale freddo e ignoto.

All'interno, il buio era assoluto. Certo, all'interno di una capanna in un bosco, il buio non poteva che essere assoluto, diceva a volte a se stessa, nel ricordare quell'incubo, come cercando di riportare il tutto a una sfumatura di normalità, ma lei sapeva che nessuna normalità c'era stata. Era un buio particolare quello di quel luogo, un buio che avrebbe inghiottito qualsiasi luce. Era un buio che era il contrario della luce, non la sua assenza.

Haxen non aveva un acciarino né una pietra focaia con sé, ma era certa che se anche li avesse avuti, non sarebbe riuscita a fare una scintilla.

Non c'era nessun odore, né terra bagnata, né foglie fradicie, né legno di pino, resina. Nulla. Un sonno l'aveva colta e aveva capito senza ombra di dubbio che era un sonno innaturale, un maleficio, ma era invincibile.

Tentò di tutto per non crollare, restò in piedi, batté le mani contro le pareti fino a farle sanguinare, perché il dolore impedisse il sonno, ma nulla servì. Era anche uscita nella notte e si era accucciata per terra coperta dal mantello, ma l'orrore di quelle meteore le era esploso nell'anima, costringendola di nuovo verso la capanna, benché sapesse che era una trappola.

Un sonno pesante come uno svenimento, come una cappa di piombo, finalmente la vinse. L'alba la colse piena di orrore e nausea. Uscita dalla capanna fece qualche passo nel bosco avvolto nella nebbia che celava i sentieri, cercando le tracce del cavallo e qualche mora per sfamarsi. Fece pochi passi nella nebbia e questo fu sufficiente perché non riuscisse poi a ritrovare più la maledetta capanna. Era sparita, inghiottita dalla terra.

Finalmente, il sole si alzò a scaldare il mondo sconvolto e a diradare la nebbia. Haxen si ritrovò nel solito vecchio boschetto di castagni e noccioli. Si avviò e attraversò villaggi e fattorie, dove l'orrore di quella notte maledetta rimbalzava in parole, racconti e singhiozzi. Cercò di rassicurare, di consolare e, finalmente, fu alla reggia, la piccola materna reggia con i muri colorati di rosso e di giallo e di arancio del piccolo regno. Lì ad accoglierla c'era sua madre, la regina, sconvolta per la sua assenza, per l'orrore di quella notte, quella notte maledetta.

«Dove eri, figlia? Dove eri? Il tuo cavallo è tornato senza di te! L'orrore ha penetrato il mio cuore fino a riempirlo. In questa tragica notte eri all'aperto. Guardare tutta la notte il cielo ti avrebbe ucciso, come ha ucciso tuo nonno. La mia pena è stata infinita come infinito è l'amore che nutro per te. Per tutta la notte ho fatto voto che, se avessi potuto averti di nuovo qui, la gioia avrebbe colmato ogni mio istante, eppure ora c'è un'angoscia dura e gelida che nemmeno la felicità di averti qui riesce a fugare» disse la madre.

La regina madre era una donna forte. Haxen non era abituata a vederla sconvolta, in lacrime.

«Ero al sicuro, madre» balbettò. Era stata al sicuro quella notte? Quella capanna fatta di orrore e buio era stata un rifugio?

«Tuo nonno, il re Mago è morto» ripeté la madre, quando finalmente riuscì a sciogliersi dall'abbraccio in cui aveva immerso la figlia.

Haxen si lasciò cadere seduta per terra per la notizia, e per la stanchezza mortale di quella notte folle. La sua balia, che era corsa in cucina al suo apparire, le aveva portato latte caldo e focaccia. Haxen, che fino a un istante prima era stata devastata dalla fame, si trovò immersa in una ancora più devastante nausea.

Era una sensazione infinita, che riempiva ogni briciola del suo essere di desiderio di non esistere, della certezza che nulla mai avrebbe potuto avere un valore, che la vita altro non era che un peso da portare.

Haxen alzò il viso su sua madre. Era ancora bella la sua mamma, nonostante i veli neri della vedovanza e la tristezza dello sguardo.

«Tuo nonno è morto. Tutta la notte ha guardato le meteore e questo lo ha ucciso, ma è riuscito a decifrarne l'orrendo messaggio. Noi sappiamo e lo dobbiamo al suo sacrificio».

La madre non concluse il discorso. Non disse quale era il segreto che il re Mago aveva decifrato a costo della vita. Haxen osò chiederlo. Sua madre fece fatica a risponderle, sembrava che le parole che stava pronunciando, le loro stesse sillabe, la riempissero di ripugnanza. Ripugnanza. Quella era la sensazione che riempiva tutto: Haxen, sua madre, il mondo.

Il segreto era che, quella notte, l'Infernale Signore aveva concepito un figlio nel ventre di una donna, perché gli uomini fossero dannati.

HANIA

La prima volta che la bimba si rese conto di esistere, mancavano circa quattro mesi alla sua nascita.

Era nel buio tiepido del ventre della femmina dentro cui il Padre, il Principe delle Tenebre, l'aveva concepita. Lei era la figlia di suo Padre. Lo sapeva. Era una di quelle cose che sapeva, sapeva e basta.

Tutta la sua vita sarebbe stata piena di cose che sapeva, sapeva e basta, cose la cui conoscenza era nata con lei, era dentro di lei, un frammento della volontà di suo Padre che lei esistesse ed esistesse sapendo, avendo già una conoscenza. Molte cose si sarebbero aggiunte e si sarebbero mischiate, cose la cui comprensione le sarebbe arrivata per averle viste, o sentite, o per aver ascoltato qualcuno che ne narrava. Sarebbero state il suo sapere acquisito, che si sarebbe fuso con il suo sapere innato. E il primo punto del suo sapere innato era che lei era la figlia di suo Padre, l'Oscuro Signore, Re degli Abissi, Padrone dell'Oscurità.

Delle sue innumerevoli e infinite conoscenze innate faceva parte la comprensione del linguaggio.

Fino a quell'istante, l'unico suono che aveva riempito la sua iniziale coscienza era stato il battito del cuore della femmina in cui era stata concepita. Ora invece era la sua voce che scintillava: un suono molto più acuminato del battito del cuore. Sicuramente la femmina parlava da sempre, ma solo in quell'istante la coscienza della bambina era diventata, da un grumo informe, un'entità tale da poterla comprendere, e quindi ne aveva avuto percezione e consapevolezza e di conseguenza memoria.

La femmina si stava giustificando.

«Non ho conosciuto nessun uomo, madre, ve lo giuro» stava dicendo.

«Haxen, figlia mia! C'è un figlio nel tuo ventre, ormai non possiamo più averne dubbio» diceva l'altra voce, la bambina sapeva che quella era una voce di donna. «Io ormai sono nell'età della vecchiaia, e giuro sulla corona che porto che la mia angoscia è senza confini». Quella che parlava quindi era una donna anziana e con una corona sulla testa. Quindi, quella era una regina. Da cui si deduceva che la donna in cui la bimba era stata concepita, Haxen si chiamava, essendone la figlia, doveva essere una principessa.

Perlomeno suo padre aveva scelto gente del fior fiore del patriziato, l'apogeo dell'aristocrazia: apprezzò la cortesia. Era già un'ignominia per lei, figlia dell'Oscurità più alta, essere esiliata in mezzo a quell'umanità lagnosa e fondamentalmente demente, che almeno ci si potesse stare con qualche comodità.

Haxen era in piedi, davanti alla propria madre, la regina. La bambina usò senza difficoltà la parola "madre" per l'anziana femmina, quella cioè che aveva concepito e partorito la femmina dentro cui lei si trovava.

Dovette invece fare uno sforzo per usarla per quest'ultima. Lei aveva un padre, un Padre e basta. Alla fine decise di chiamarla Haxen e pensare a lei come madre, con la prima lettera assolutamente minuscola.

In quell'istante si rese conto della sua conoscenza della scrittura e di come amasse immaginare le lettere di una parola.

La mente della bimba percepiva la mente della femmina in cui si trovava – sì insomma, Haxen, sua madre – ma non percepiva le immagini che lei vedeva, le arrivavano i suoni, il rumore del vento, lieve dall'altra parte delle bifore, il tubare delle tortore nel giardino.

La bambina sapeva cosa era il vento.

Sapeva cosa erano le tortore.

Sapeva cosa era il velluto.

Sapeva cosa erano il nero e il rosso e l'indaco.

«Madre, ve lo giuro, e riconoscetemelo, ho sempre avuto il coraggio della verità. Non osate pensare che io non abbia il coraggio della verità. Se mi fossi congiunta con un uomo per concepire questo figlio che, ormai è innegabile, porto dentro di me, lo direi. Mai mi sarei congiunta a un uomo senza amarlo, senza esserne fiera. Se avessi amato un uomo al punto di congiungermi con lui, lo dichiarerei. Se avessi subito violenza o arbitrio, lo direi e avrei il coraggio di vendicare l'onore violato. Mio padre mi ha insegnato a usare una spada, madre, voi sapete che sono in grado di farlo. Non osate accusarmi di mentire. Non lo permetto. Nemmeno a voi» disse la femmina dentro cui lei si trovava.

«Allora spiegami» gemette la regina.

La principessa Haxen raccontò con voce spezzata di un luogo che sembrava una capanna e non lo era, di un buio che sembrava buio e non lo era.

∾

«Io ti credo, mia adorata figlia» disse la regina, quando finalmente la sua voce riuscì a risuonare di nuovo. «Purtroppo ti credo. Purtroppo so che quello che dici è vero ed è con tutto il cuore che speravo fosse falso. Come sai tuo nonno prima di morire ha inviato un'ultima missiva. È stato ucciso dall'orrore di aver osservato il cielo quella notte maledetta e dall'averne compreso il significato. Noi sappiamo che in quella oscurità maledetta macchiata di lacrime di sangue il Signore delle Tenebre ha concepito un figlio nel ventre di una donna. O di una fanciulla. Un concepimento strano, fuori dalle norme della natura, dai precetti della vita. Ti prego, mia adorata figlia, dimmi che mi hai mentito, dimmi che il tuo corpo ha incontrato quello di un uomo, con impudicizia e con la dolcezza che questa unione vuole e io sarò felice, di una felicità assoluta. Io ballerò nella corte del castello tutta la mia infinita gioia» disse la vecchia madre.

La bimba sussultò. La regina preferiva essere la nonna di un bastardo fabbricato da qualche incauto incapace di tenersi le brache allacciate pur di rifiutare l'onore di avere nella sua insulsa famiglia lei, che era figlia del Signore Oscuro? Era sconvolgente. Anche imbarazzante. E quello che era peggio: era stupido. La sciocchaggine degli uomini, di cui già aveva una iniziale informazione, era superiore alle più larghe aspettative. Regnanti forse, sua madre e quell'altra starnazzante cornacchia, ma astute no, per niente. Sia pure per necessità, era imparentata con delle dementi. Bisognava prendere atto della realtà.

La principessa restò a lungo in un silenzio allibito. Poi scoppiò in singhiozzi.

«Questo bambino dovrà essere ucciso» mormorò la regina, con un filo di voce.

Ucciso? Parlavano di lei! Era la cornacchia il nemico, quindi. La femmina dentro cui suo Padre l'aveva messa era troppo stupida e non ci sarebbe arrivata, da sola.

«Tuo nonno, mio suocero, il vecchio re, il padre di tuo padre, è riuscito a decifrare il senso della notte delle meteore per salvarci e a questo ha sacrificato la sua vita. Mai avrebbe immaginato che la fanciulla potessi essere tu. Con orrore compiremo questo crimine, adorata figlia, ma lo faremo. Non possiamo permettere che questo bambino entri nel mondo, perché altrimenti lo distruggerà. Appena nato sarà nudo e indifeso, per l'ultima volta nella sua vita, e noi lo uccideremo. Perché altro non possiamo fare. Poi ci copriremo la testa di nero e piangeremo l'orrore della nostra sorte, essere assassine del nostro sangue, ma il mondo sarà salvato» disse ancora la vecchia madre.

La bimba sentì la paura, il gelo del terrore. La sua coscienza appena arrivata si scompose, si perse, non percepì molto, se non il pianto disperato delle due donne abbracciate.

Loro erano abbracciate, a consolarsi l'una con l'altra.

Lei era sola, con la sua impotenza, il suo terrore, la sua spaventosa illimitata impotente e terrorizzata solitudine.

Era sola in un mondo nemico. E stupido. Pur di ammazzarla, si ripromettevano di vivere tristi e coperte di nero. Bastava che la lasciassero campare e potevano starsene in letizia, vestite di verde, viola e indaco, azzurro o quello che volevano. Suo Padre non c'era a difenderla, lei era senza protezione, sola di fronte alla morte, dispersa in un mondo dove regnavano rifiuto del pensiero e ignavia.

Lei voleva vivere. Questa era un'altra cosa che sapeva, che era dentro di lei, che sapeva e basta, da sempre. Voleva nascere e voleva vivere.

ℭℌ

Nascere fu orribile. Non che aspettarlo fosse stato bello. La bambina era assordata dai pensieri della femmina umana che portava la sua gravidanza, che con sempre maggiore ripugnanza chiamava madre, il che avrebbe creato come una simmetria con lo splendore cosmico di suo Padre, il Signore delle Tenebre, Padrone degli Inganni. La femmina aveva una straziante propensione allo squittio. Squittiva davanti alle albe, ai tramonti, al sole, alle giornate così così, quando faceva un freddo porco e quando il caldo era insopportabile.

Ma quello che era peggio era essere immersa nell'acqua: la bimba odiava l'acqua, era un odio totale, ancestrale, cosmico, assoluto. Stare nell'acqua era una nauseante situazione.

Nascere, comunque, fu peggio. Un'esperienza terribile. L'odiato liquido finalmente si dissolse, ma lei non fece nemmeno in tempo a esserne sollevata che le pareti dell'utero cominciarono a stringersi addosso per stritolarla e così spingerla attraverso una fessura che era clamorosamente troppo stretta.

Fu in quel momento che si rese per la prima volta conto, in maniera talmente netta da essere quasi tangibile, concreta, di quanto sua madre fosse un'oca. Quel suo continuo sdilinquirsi davanti alla meravigliosa bellezza della natura, la perfezione del creato, era ben più che ridicolo. Non era solo pateticamente lezioso, era pateticamente falso. Che la natura fosse perfetta e il creato ammirevole: solo una mente assolutamente ottenebrata dalla più completa, intatta, inviolata e inviolabile idiozia poteva farneticare qualcosa del genere. L'orripilante e tragico meccanismo del parto faceva parte di quello che la femmina chiamava la meravigliosa e perfetta Madre Natura? Allora bisognava prendere atto che le possibilità erano due: o Madre Natura era del tutto demente o Madre Natura l'umanità la odiava, perché in quella roba lì, partorire ed essere partoriti, altro non c'era se non terrore e dolore. Madre Natura odiava lei, la bambina, di certo, ma anche sua madre che non dava certo l'idea che si stesse divertendo.

Fino allo sciagurato momento della sua nascita, la bambina non si era mai posta il problema del respiro. Conosceva la parola, certo, le conosceva tutte, qualsiasi parola fosse mai stata coniata e usata dal genere umano era presente nella sua mente, catalogata con il suo significato. Fino all'istante della sua nascita, "respirare" era stata una delle tante parole che galleggiavano nella sua infinita conoscenza, parole più o meno interessanti, più o meno importanti. In quel momento si rese finalmente conto di cosa volesse dire respiro, anzi si rese conto di cosa volesse dire mancanza di respiro, averne un desiderio disperato e non poterlo fare. Doveva respirare e in fretta. Il desiderio del respiro divenne spasmodico, talmente forte che superò di gran lunga il dolore che le arrivava da ogni pollice del suo corpo, stretto nella morsa micidiale in cui si trovava. Perché lei potesse respirare, la sua testa avrebbe dovuto passare per una fessura che era di dimensioni nettamente inferiori al suo diametro. La bambina doveva riuscire nell'impresa di portare se stessa fuori da lì dentro e respirare. Aveva nelle orecchie le grida di sua madre, perché lei poteva gridare, lei l'aria ce l'aveva, lei poteva respirare, e quindi si riteneva autorizzata ad assordarla. Sua madre poteva respirare e si permetteva di lamentarsi.

C'era una seconda voce oltre a quella di sua madre, che riempiva i vuoti tra un lamento e l'altro.

«Cara levatrice, grazie per il vostro aiuto» squittiva sua madre. «Il vostro caro viso per me è un conforto».

La seconda voce, quindi, era quella della levatrice. "Levatrice": persona che aiuta i parti. Quindi, qualcuno stava aiutando sua madre. Per fortuna. Almeno quello strazio sarebbe finito prima.

«Coraggio, principessa Haxen, coraggio» diceva la levatrice.

Coraggio principessa Haxen? Era lei, la bambina, quella che stava veramente malissimo. Perché a lei nessuno faceva coraggio? La bambina aveva paura, una paura assoluta, totale, grande come il dolore, grande come la percezione di quel suo assoluto essere sola, senza nessuno che le dicesse che ce la poteva fare. La sua collera aumentò. Era una buona cosa la collera. Annullava la paura. Anche il dolore si spampanava un po'.

«Deve essere terribile per voi» continuava la levatrice. «Veramente terribile. Vedete, i dolori del parto sono forti per ogni donna».

I dolori del parto sono forti per ogni donna? I dolori del parto sono brutti per tutte? E questo che importanza aveva? A chi poteva importare qualcosa della universalità del problema, in quel momento? La cosiddetta levatrice non poteva guadagnarsi il titolo e fare qualcosa perché lei riuscisse finalmente a uscire e respirare, invece che dire insulse ovvietà? Qualcosa di intelligente, magari.

Forse c'era una legge in quel regno, tra i cui regnanti stava per nascere: forse lì gli intelligenti li mettevano a morte, così non facevano sfigurare il resto della comitiva. Per questo volevano mettere a morte lei. Tutto aveva una sua logica, in effetti.

«Però, almeno noialtre abbiamo conosciuto e scelto l'uomo grazie al quale i nostri figli sono nati, mentre voi…» la levatrice si interruppe con un singhiozzo.

Mentre voi? Come osava? Come si permetteva? Sua madre aveva avuto l'altissimo onore di portare la figlia del Signore Oscuro, Padrone delle Tenebre, Principe dell'Angoscia, Sovrano delle Ombre, invece che di un qualsiasi mortale, con il moccio al naso, i capelli che si sarebbero perduti, i denti che si sarebbero cariati.

«Spingete piano» supplicava la levatrice. «O finirete per lacerarvi».

Spingete piano? Lei doveva respirare. Lei doveva uscire. Se quella maledetta oca della levatrice invece che starnazzare sconsolate idiozie, avesse praticato l'elementare gesto di fare un piccolo taglio, un pollice al massimo, sulla parte esterna del canale che lei doveva attraversare, così da rendere la fessura attraverso cui lei doveva passare maggiore della circonferenza del suo cranio, sia lei sia sua madre ne avrebbero tratto vantaggio. La madre avrebbe smesso di lamentarsi e lei avrebbe smesso di non respirare. La definizione che la sua conoscenza le dava della parola levatrice, "colei che assiste ai parti", doveva con tutta evidenza essere tristemente errata. Quella giusta era "colei che se ne sta a fare un accidenti di niente e a dire idiozie mentre il parto va avanti per conto suo, senza uno straccio di vero soccorso".

Alla fine, con uno sforzo finale che le strappò un grido, sua madre riuscì a farla nascere. La bambina uscì dal corpo di lei, insieme a un fiotto di vivido sangue, schifoso anche quello. Finalmente poté respirare. Dette un urlo e sperò esprimesse tutto il suo rancore, il suo astio, la sua terrificante collera, sperò che si distinguesse, che attraversasse i muri.

«I bambini piangono tutti allo stesso modo» mormorò la voce triste della levatrice.

No, non si era distinta. La sua collera non aveva terrificato nessuno, anzi non si era nemmeno sentita.

Pazienza.

Almeno poteva respirare.

ෙ෬

La levatrice prese la bambina, levandola dalle braccia di Haxen.

La bambina la guardò. Era di una bruttezza imbarazzante: faccia paonazza, venette sulle guance vizze, occhiaie, occhi infossati, orrido neo peloso, naso bitorzoluto, rossastro. Tra le cose che lei sapeva, sapeva da sempre, sapeva e basta, c'era la distinzione tra il bello e l'orrido. La levatrice era brutta come le foglie esterne del cavolo, quelle che si buttano, come le ali di un pipistrello molto vecchio, come il fango raggrumato sotto i calzari.

"Il vostro caro viso", aveva squittito sua madre. Il caro viso della levatrice si poteva mettere con l'intelligenza di Madre Natura e il suo benevolo genio. Quando suo Padre, il Signore degli Abissi, fosse venuto a incatenare il mondo nelle tenebre, l'orrida bruttezza della levatrice sarebbe rimasta nascosta dalla scomparsa della luce e non avrebbe più afflitto nessuno: quel giorno sarebbe stato magnifico.

«Perdonatemi mia giovane Signora» implorò. La voce le tremava. «Perdonatemi, devo eseguire gli ordini. E devo eseguirli». Scandì con forza la "d" di *devo*. «Devo farlo, mia giovane Signora, e non solo perché questi sono i miei ordini. Devo eseguire l'ordine che mi è stato dato perché, se non lo eseguo, il mondo sarà perduto. Voi, io, i miei figli, vostra madre, tutto il mondo sarà perduto. Ogni persona. Ogni cosa. Io farò ciò che ho promesso. Io non ho due facce».

Frase insensata. Certo che non aveva due facce. Ne avesse avuta un'altra, non avrebbe certo portato quella.

Suo Padre l'aveva esiliata in un mondo di folli deficienti, che dicevano cose senza senso e volevano ucciderla. E lei era lì, con il suo corpo di neonato, incapace di fare qualsiasi cosa, salvo emettere un pianto disperato che pareva non interessasse molto a nessuno.

La levatrice sollevò la bambina. Il piccolo corpo era sporco di sangue e la vecchia donna istintivamente la avvolse nel suo scialle perché non soffrisse il freddo. La bimba restò impressionata per l'assoluta mancanza di logica di tutto il comportamento. Stavano per ammazzarla e si preoccupavano che non prendesse freddo. Peraltro erano lì che non parlavano di altro che della loro infinita bontà, e stavano per ammazzare lei, che era una bimba piccola, comportamento che anche gli istrici, gli sciacalli e i topi di fogna avrebbero rifiutato come oltraggioso all'etica.

Ora però lasciò le considerazioni sull'intelligenza degli uomini e sulla sua mancanza. La paura riempì tutto il suo essere, tutta la sua mente. Stava per essere uccisa. Il suo cuore si sarebbe fermato. Il respiro appena cominciato si sarebbe spento. La paura la attanagliò, era un dolore più grande di nascere.

«No cara levatrice» disse Haxen, la giovane madre. Per la prima volta la bambina poté vederla in faccia. Lei era bella. Sua madre era bellissima, anche così, con i capelli biondi scomposti, il viso disfatto dalla fatica del parto, gli occhi azzurri circondati dalle occhiaie, sua madre era bellissima.

«È come uccidere un pollo» disse la levatrice. Aveva sguainato un coltello. Mentre parlava, il neo peloso dondolava e i peli ballonzolavano. La bambina si chiese se doveva proprio morire guardando quell'orrore. Sarebbe dovuto essere vietato morire guardando una cosa così brutta, in un mondo sensato, sarebbe dovuto essere vietato a un essere così brutto sopravvivere. In più, il suo valore di levatrice era pari alla sua grazia. Per poco non si erano ammazzate, lei e la madre, visto che quella gallina non era nemmeno stata capace di dare una mano. «Come uccidere un'oca, come uccidere un coniglio. Come uccidere un gattino» continuava a ripetere, con l'evidente sforzo di darsi coraggio.

La giovane donna si era alzata faticosamente in piedi. In un angolo della piccola stanza, accanto al giaciglio su cui aveva partorito, c'era il suo mantello azzurro chiaro come il cielo al tramonto – il nome esatto del colore era indaco – buttato per terra, con noncuranza.

Lei lo spostò e, nascosta dal mantello, c'era una spada. La giovane donna si mise il mantello sulle spalle, lo annodò, si cinse la spada al fianco, poi la sguainò e la puntò alla levatrice.

Bella spada. Tre piedi circa, inclusa l'elsa, la guardia e il pomo erano in argento sbalzato.

«Datemi la bambina» disse alla levatrice.

La piccola si trovò per la prima volta tra le braccia di sua madre. Una sensazione orribile la prese. Cercò nello sterminato elenco di parole che conservava nella sua mente e la trovò: nausea. Stare in braccio a sua madre la riempiva di nausea, come quella che le aveva dato essere immersa nel suo liquido. Almeno però quella specie di oca le stava salvando la vita. Persino in quell'istante notò le sette cime incise sul pomo della spada e la profonda scanalatura che scendeva fino oltre la metà della lama e che ne diminuiva il peso: era una spada voluta per un guerriero non troppo forte e che avesse sette cime nella sua storia.

La giovane donna con la bambina in braccio si allontanò. Uscì dalla porta, cominciò a scendere le scale, verso il cortile del castello.

«Mia signora» gridò la levatrice. «Quella creatura deve essere uccisa».

«Lo so, lo so» rispose la giovane madre senza voltarsi. «E sono io che devo farlo. Io sono Haxen della casata delle Sette Cime, e questa è una mia responsabilità».

ೞಲ

La bimba pensò che la spada era stata forgiata appositamente per sua madre e che la sua esecuzione era rimandata. Aveva guadagnato tempo: un punto a suo favore. Il tempo non si sapeva mai cosa potesse portare, ed essere viva dopo la maledetta fatica fatta per respirare era comunque meglio che essere già stata ammazzata. Le sue sterminate conoscenze di tattica militare affermavano: "nel dubbio guadagnare tempo", e fino lì ci era arrivata.

Almeno non sarebbe morta vedendo una faccia con sopra un neo peloso grosso come uno scarafaggio.

Era l'unica consolazione che aveva, insieme alla speranza che suo Padre distruggesse il mondo prima che il mondo distruggesse lei.

UN CAVALIERE
NON SI ARRENDE MAI

ħaxen aveva sussultato per la sublime illogicità della levatrice. Stava per uccidere la bimba e si preoccupava che non prendesse freddo, poi però si era resa conto che non c'era nessuna perdita di buonsenso, di ragione. La levatrice voleva uccidere la piccola perché il Male non sopprimesse il mondo, ma che un neonato tremi per il freddo è male. Un dolore inutile.

La levatrice aveva alzato il coltello. Il diminutivo che aveva accompagnato la parola "gatto" era stato un errore, che il coraggio invece glielo aveva tolto, e tradiva in più l'orrore di quel gesto terribile. La levatrice si era fermata.

Haxen allora si era riscossa. Non lo avrebbe permesso. Lo aveva già deciso da ben prima che il terribile momento del parto arrivasse.

La levatrice non sarebbe diventata un'assassina. Né la levatrice, né nessun altro. Si allacciò il mantello e prese la spada, con tutta calma: la bambina non correva nessun pericolo con quella donna.

Aveva sguainato la spada puntandogliela alla gola, una mera cortesia per offrirle la giustificazione di cedere senza combattere e senza discutere, poi aveva preso la sua bambina, l'orrida creatura dell'Oscuro Signore e si era avviata.

C'era un punto del giardino che le piaceva molto: un'enorme quercia si ergeva sopra un gruppo di ulivi, contro una roccia, formando una specie di tana, di incavo dalle volte verdi e argentate.

Gli ulivi erano nella parte più soleggiata e protetta del giardino dove, anno dopo anno, continuavano a resistere al gelo. Il loro regno era troppo in alto perché le olive potessero arrivare a maturazione. Si limitavano a esserci, piccole e nere, contro lo sfondo di quei rami argentati. Gli ulivi, come la seta e le ceste cariche di albicocche secche e mandorle, cibi pregiati, rari, ignoti al di fuori della loro reggia, provenivano dai paesi fertili dove il sole splendeva, dall'altra parte del Deserto delle Torri Perdute, estrema propaggine meridionale del regno. Suo nonno era riuscito a farli crescere, e loro stavano lì con il loro colore.

In quel boschetto di ulivi Haxen aveva lasciato il suo cavallo, la mattina di quella lunga giornata, quando i primi dolori del parto l'avevano colta. Lo aveva lasciato con, già preparate, una bisaccia piena del necessario da un lato della sella e una borraccia di acqua per la via, dall'altro.

Haxen sentì la disperazione, la percepì in ogni frammento della sua anima, sentì il dolore in ogni parte del suo corpo. Non era solo il dolore del parto: il suo corpo non aveva mai voluto quell'essere, e non l'aveva mai accolto.

Era il dolore che ogni porzione del suo essere sentiva come fuoco a causa dell'esistenza di quell'essere, che lei non poteva volere e non poteva che odiare. Era il dolore per la consapevolezza che dalle sue viscere era nato quell'essere immondo, venuto a distruggere ogni forma di tenerezza che ancora faticosamente esisteva su quella povera terra già flagellata, tra una guerra e un'altra, tra un'epidemia e un'altra, tra siccità e inondazioni, cavallette e raccolti perduti. Non se lo potevano permettere, come diceva sua madre. Gli uomini non erano in grado di affrontare la possibilità, anzi la certezza, che il dolore del mondo sarebbe aumentato, anche solo di una briciola. Il mondo ne sarebbe stato schiantato per sempre. Il buio avrebbe sommerso la luce, la siccità avrebbe inghiottito la vita.

Haxen prese la sua spada e la legò alla bisaccia che aveva già preparato. Il necessario per cucire. Una fascia. Un'unica camicia di ricambio. Pane, cacio, un paio di mele, un pugno di noci e poi quello che restava della scorta reale di mandorle e albicocche secche, l'ultimo ricordo dei tempi d'oro, l'ultimo ricordo della dolcezza, certo, ma anche lì c'era un senso di logicità, quella logicità che a lei non mancava mai, che guidava le sue azioni.

«Un pugno di noci può tenere in piedi un uomo per un giorno» diceva suo padre. Buono a sapersi.

Una borraccia di acqua, perché ovunque la siccità avanzava, non sapeva se e quando ne avrebbe trovato lungo la via, e la sete era una tortura.

Nascosta nella giubba, cucita all'interno della fodera, c'era una minuscola borsa con dentro dodici monete d'oro, tutti i suoi averi. Al collo portava un sottile collare in oro, con l'incisione di Sette Cime, il segno del suo rango.

Haxen prese la bambina, sempre avvolta nello scialle della levatrice, se la legò addosso e salì in groppa.

Il suo corpo doleva, eppure sentire la sella sotto di sé fu qualcosa di dolcemente familiare.

Dopo aver partorito, andare a cavallo era tra tutte la cosa peggiore, ma tanto non aveva scelta, si andava dal peggio all'ancora peggio, dal meno peggio al peggio ancora, fino al peggio di così non si potrebbe, non è concepibile.

La bambina non piangeva. La guardava con i suoi occhi attenti. I neonati non guardano, non fissano lo sguardo, Haxen lo sapeva, la maggior parte delle fanciulle che conosceva aveva già avuto un figlio, se non due.

Quell'infernale bambina invece fissava lo sguardo e guardava, perché non era una bambina, ma un qualcosa in forma di bambina.

Il mondo sarebbe stato distrutto per sempre da quella creatura indecente.

Doveva ucciderla.

Lo sapeva.

La bambina doveva essere uccisa e doveva farlo lei: né sua madre, né la nutrice, né la balia dovevano portare il peso di quella colpa.

Perché il punto era quello: era una colpa. Questo era stato il disegno dell'Oscuro Signore: costringere a una colpa immonda. E non poteva che essere lei, la madre dell'essere, a dannare la sua anima per salvare il mondo.

L'avrebbe uccisa e poi sarebbe andata via per sempre, una donna randagia dispersa nel mondo, perché chi ha commesso un crimine così terribile deve diventare un ramingo, non può chiedere che la sua vita continui, calda e comoda, circondata dalle mura di una dimora. Nessuno di coloro che lei amava e che la amavano doveva trovarsi davanti alla sua faccia sapendo che era la faccia di una donna che aveva ucciso la sua creatura.

☙❧

Haxen uscì dalla reggia da una piccola e non guardata porta, nascosta da due enormi querce con le fronde intrecciate, una all'interno e una all'esterno del muro di cinta del parco posteriore.

Lei aveva la chiave. Lei aveva la chiave di ogni serratura della reggia. Era quella che si chiamava una "chiave maestra", le apriva tutte. La chiave e tutte le serrature erano state opera di un unico fabbro, come la sua splendida spada, fatta con quello che chiamavano "acciaio totale", il più puro e invincibile.

E attraverso quella porta lei aveva liberato il figlio del fabbro, condannato a morte per un piccolo furto dal re suo nonno, lo stesso ragazzetto che le aveva mostrato gli scoiattoli del piccolo bosco e che l'aveva aiutata nell'apprendere l'uso della spada. Suo nonno era stato un buon re, e un buon mago, ma a volte la sua severità era stata eccessiva fino all'insensatezza, e lì era intervenuta lei, con la sua chiave.

Dopo aver chiuso la serratura di ottone, ripose nella sua bisaccia quell'ultimo ricordo. Haxen si avviò nel piccolo bosco di noccioli e castagni e lo superò spingendosi fino in alto, al limitare della parte dove la montagna diventava brulla e l'erba si estendeva giallastra, interrotta solo da qualche raro e basso pino contorto dal vento. Voleva che succedesse lì. L'orrore era cominciato in quel bosco, che aveva amato da bambina: lì sarebbe finito.

Haxen non voleva guardare per l'ultima volta il muro di cinta di mattoni rossi e pietra, i due grossi camini delle cucine con i loro materni pennacchi di fumo, la torre centrale in cima alla quale c'era la sua stanza che svettava al di sopra di tutto, con il suo tetto a cono di tegole grigie. Da quel quieto mondo circolare aveva dominato la bellezza di tutta la valle, convinta che la vita fosse onore e grazia e che sempre lei ne sarebbe stata una figlia prediletta. Sapeva che in lontananza il fiume Dovor scintillava sotto il sole, e che si intravedevano le case azzurre e gialle della piccola capitale del regno che dal fiume prendeva il nome, e non si voltò indietro. Aveva già tutto nella memoria. Non aveva bisogno di vedere il mondo che stava abbandonando, anzi aveva bisogno di non guardarlo, per non perdere il coraggio di fare quello che stava per fare.

All'interno del bosco scese da cavallo. Sembrava che il suo corpo dovesse spaccarsi in due per il dolore. Le faceva male la parte che aveva tra le gambe, quella parte di lei che nessun uomo aveva conosciuto e che era stata divaricata barbaramente dalla nascita del piccolo corpo. Le faceva male la schiena. Le facevano male le spalle: non era più abituata a cavalcare. E in tutti i casi non era certo una delle attività che le balie e le levatrici consigliavano alle donne incinte o a quelle che avevano partorito.

Haxen posò la bambina sul terreno umido, coperto di foglie, estrasse la spada con la mano destra e la piantò per terra, poi si inginocchiò, posò entrambe le mani sull'elsa e vi appoggiò la fronte sopra, il ginocchio a una spanna dalla testa della bambina.

Il suo corpo era gelato.

La fronte bruciava di febbre.

Cominciò a tremare.

«Ora» disse. «Devo farlo ora». Lo disse ad alta voce. «Devo ucciderti, creatura, o il mondo sarà perduto. Devo uccidere e allora forse il mondo riuscirà a continuare a vivere».

Haxen impugnò la spada, e, sempre restando in ginocchio, ne spinse la punta ancora sporca di terra contro la gola della piccola. La bambina era bellissima. Un ulteriore inganno dell'Oscuro Signore, certo. Sul polso sinistro la macchia rossastra, che le dava la certezza. Quella era la bambina giusta. Quella era l'azione giusta.

Un rivolo di sangue cominciò a colare. La piccola si mise a piangere. Il normale pianto di un normale bambino. Evidentemente aveva una parte umana, certo.

Dalle mammelle di Haxen cominciarono a uscire gocce di latte a bagnarle la giubba. Qualcuno lo aveva detto, una delle balie, la levatrice forse, il pianto del bambino fa uscire il latte. Una reazione che il mondo aveva previsto perché i figli siano nutriti e la vita esista.

«Padre, vi scongiuro, soccorretemi» disse Haxen, con voce forte e chiara.

ಌ

Haxen era nata femmina, tardiva e unica figlia di una madre che era stata talmente devastata da quel primo parto da non riuscire ad avere più nessun altro figlio.

Suo padre l'aveva appassionatamente amata. Era stata, per tutta la sua infanzia, più la figlia di suo padre che di sua madre.

Un giorno lui l'aveva sorpresa nel pollaio a spaventare le grosse e grasse oche bianche con un pezzo di legno che fingeva di essere una spada. Ne era stato estasiato.

L'aveva addestrata, come il figlio maschio che non aveva avuto. Haxen era stata il suo scudiero. Il fabbro della reggia aveva fatto per lei una spada dello stesso invincibile acciaio di quella di suo padre, e aveva anche convinto il re ad affidare a suo figlio Dartred, di qualche anno più grande di Haxen, il compito di fare esercitare la principessa, giorno dopo giorno, nel cortile posteriore della reggia, sotto lo sguardo cortesemente disapprovante di tutta la corte. Durante l'addestramento il padre raccontava le straordinarie avventure del Cavaliere di Luce, e i due ragazzini ascoltavano con la bocca aperta e gli occhi che si riempivano della magnificenza del coraggio. Era stato Dartred, il figlio del fabbro, a guidare Haxen nel bosco di noccioli e castagni per mostrarle gli scoiattoli e consolarla il giorno della morte di suo padre. Gli scoiattoli lo riconoscevano e gli andavano incontro: il ragazzo li aveva addestrati con qualche offerta di cibo. Per Haxen da quel giorno quello era stato il bosco degli scoiattoli. Ora sarebbe stato il bosco maledetto. Qualche volta, di nascosto dalla madre, il padre la faceva cavalcare a cavalcioni, come un maschio. Le aveva regalato un paio di brache e un cappello da cacciatore di pelo di volpe che le nascondesse i capelli d'oro chiaro, il colore del miele di tiglio. La madre non li aveva mai scoperti: nessuna delle balie e delle governanti aveva mai scoperto il segreto.

Haxen era particolarmente brava con la spada, aveva una mira eccezionale con l'arco. I suoi punti deboli erano la balestra e la lancia, troppo pesanti per un guerriero che non fosse un uomo. Era particolarmente brava con i cavalli, che sembrava la conoscessero da sempre, che sentissero la sua mente, che considerassero un onore portarla.

Il suo cavallo si chiamava Aliin, ed era un magnifico stallone bianco.

«Sei un guerriero nato» le aveva detto suo padre. «Ma ricordati sempre la Legge della Cavalleria, le Regole del Cavaliere di Luce. Io ti insegno a uccidere. La spada che porti può dare la morte, può dare dolore, può lasciare orfani dei figli, può rendere vedova una donna, può rendere sciancato un uomo sano. Ricordati, la spada è orribile e sacra, perché se non è sacra, allora l'unica possibilità è che sia orribile. Portare una lama è un onore, ma anche un peso. Ci sono regole, le Regole del Cavaliere, che mai, lo ripeto, mai possono essere violate. Un cavaliere non colpisce mai chi si è arreso. Un cavaliere non colpisce mai un disarmato. Un cavaliere non colpisce mai una donna. Certo, a meno che non sia una donna armata, come te, ma non credo che ce ne sia una seconda, in questo caso potresti fare un'eccezione, ma solo in questo caso. Non oso nemmeno pronunciare la frase "un cavaliere non colpisce mai un bambino", perché sarebbe talmente grave, talmente ignobile, talmente atroce che ogni regola d'onore scomparirebbe per sempre dal mondo».

Il punto era quello.

Ogni regola d'onore sarebbe scomparsa dal mondo per sempre. Le fronde degli alberi stormirono leggermente. Quel rumore cortese la fece sobbalzare. Non voleva che il bosco degli scoiattoli fosse ulteriormente profanato da quel crimine.

Haxen lasciò cadere la spada.

Si sedette per terra, si prese la testa tra le mani, ma si riscosse immediatamente.

«All'inferno» disse forte. Poi si rese conto di quello che aveva detto, e questo le ridiede coraggio.

«All'inferno» ripeté con voce più forte.

Il mondo non avrebbe perduto l'onore.

L'Oscuro Signore sarebbe stato sconfitto.

Aveva lasciato due scelte: uccidere la bambina e perdere l'onore e l'anima degli uomini, oppure lasciarla crescere e condannare il mondo al dolore e alla distruzione.

Un vero cavaliere non si arrende mai a nessuno, nemmeno alle trame per fargli perdere l'onore.

"Quando sei con le spalle al muro, tra due scelte che sono ambedue una sconfitta, inventane una terza" diceva sempre il Cavaliere di Luce, protagonista di un'interminabile saga che suo padre le raccontava.

Haxen non sapeva, non le era mai venuto in mente di chiedere se l'avesse inventata lui o se raccontasse cose ascoltate. Aveva passato pomeriggi incantati ascoltando quelle storie.

Ora si poteva cominciare a metterle in pratica.

Avrebbe creato una terza strada.

Avrebbe preso la bambina e l'avrebbe portata lontano da tutti e da tutto.

A sud, dove c'erano i deserti, dove nessuna siccità poteva peggiorare la desolazione dei deserti. A sud, dove si diceva esistesse una valle, la Valle degli Zampilli dove una fonte di acqua particolarmente cara al cielo, l'Acqua Sacra, attenuava le forze oscure, dove si diceva che le presenze demoniache si attenuassero fino a scomparire. Avrebbe vissuto lì con la bambina fino all'ultimo dei suoi giorni. Se la storia era vera, la piccola avrebbe perso la sua demoniaca potenza. Se era una leggenda, se l'Acqua Sacra non esisteva, allora il suo eremitaggio sarebbe stato senza fine. Avrebbe passato tutta la sua vita con la bambina, nel deserto.

Avrebbe passato l'esistenza a cercare una radice e una stilla di linfa per sopravvivere, e il giorno in cui non fosse riuscita a trovarle, il problema dell'esistenza si sarebbe definitivamente risolto. Per entrambe.

Ma se invece sopravvivevano, prima o poi lei sarebbe morta, e quella che adesso era una bimba sarebbe rimasta adulta e incustodita: allora il suo ultimo compito sarebbe stato cercare qualcuno cui affidarla, un luogo dove confinarla.

Scacciò il pensiero. L'Acqua Sacra sicuramente esisteva, non doveva nemmeno pensarci che non esistesse, doveva andare avanti un passo alla volta, affrontare i problemi nell'istante in cui si fossero posti, non prima, o sarebbe crollata. E lei non doveva crollare. Lei era l'unico cavaliere in grado di combattere quella guerra.

Ripensò ai suoi sogni.

I suoi sogni di ragazzina: essere un cavaliere, come suo padre, combattere per l'onore. Spada scintillante, elmo scintillante, corazza scintillante, onore scintillante. Un'esistenza di scintille.

E poi, dopo, i suoi sogni di fanciulla: che un uomo forte e magnifico venisse a offrirle la propria vita in cambio dell'amore.

«Datemi la possibilità di mostrarvi il mio valore, mia Signora» avrebbe detto inginocchiato davanti a lei. «Sono disposto a immolare la mia vita per un vostro sguardo».

Scintille moltiplicate per due. Da annegarci.

In realtà lei aspettava qualcuno. C'era stato un uomo dieci anni prima, quando tutti i regni che li circondavano erano sprofondati nella follia e li avevano attaccati, che aveva guidato le truppe degli irregolari contro le armate dei barbari e le aveva vinte, annientate. Lo chiamavano il

Temerario, nessuno ne conosceva il nome, solo il coraggio invincibile. Lei ne aveva sentito raccontare e sempre aveva dato per scontato che prima o poi l'eroe sarebbe venuto da lei, la bellissima principessa del reame, a mettere ai suoi piedi il coraggio e l'ardore.

Non era mai venuto un accidenti di nessuno. Forse il Temerario aveva già una moglie, o forse era morto e nessuno lo sapeva, forse giaceva insepolto sotto le nevi perenni delle cime. Se l'era immaginato bellissimo e splendido.

Qualcuno, onestamente, doveva riconoscerlo, si era presentato a chiedere la sua mano, neanche tanto pochi, per la verità. Ma nessuno aveva lo scintillio e nemmeno l'eloquio che lei aveva fantasticato, non si mettevano nemmeno in ginocchio. Lei sognava un eroe e quelli che erano arrivati erano onesti uomini onestamente veri, quindi uno dopo l'altro li aveva respinti. I pretendenti si erano diradati, come le gocce di acqua da una sorgente esaurita e poi non se ne era visto più nessuno, come l'acqua di una sorgente esaurita, appunto. La voce doveva essersi sparsa, che lei rifiutava tutti. Non ci aveva mai pensato, ma, in effetti, non deve essere uno scherzo per un uomo offrire la sua vita e prendersi sul muso un "Vi ringrazio infinitamente della vostra offerta e non ho parole per dirvi quanto ne sia onorata, certo, sprofondo di gratitudine, ma preferisco declinare questo onore. Gradite un'altra coppa di sidro?".

Sua madre aveva scosso la testa, la cuoca, un donnone molto baffuto dai modi molto bruschi l'aveva avvertita:

«Fai attenzione. La linea che divide orgoglio e spocchia è sottile come un capello, uno di quelli che quando non fai attenzione finiscono nella minestra. E poi le donne che non sono maritate, prima o poi, sono preda del Signore Oscuro, lo sanno tutti».

Lei si era scompisciata dalle risate davanti a quelle scempiaggini. Superstizioni da donnette, di quelle che allignano tra i focolai e i lavatoi. Adesso rideva molto meno. Ci fosse stato un uomo, uno sposo nel suo letto, uno o due bambini nella sua casa, non avrebbe potuto trovarsi sulla via del Signore Oscuro.

Aveva sognato un bel po' di cose e non se ne realizzava nessuna.

E allora? Un mucchio di bambini sognava di raggiungere l'età adulta, di fare il cavaliere, o il fabbro, o il bandito, e poi morivano di peste prima di raggiungere i cinque anni. Erano molti i soldati che sognavano di tornare vivi dalla guerra, magari con una promozione, un po' d'oro, un campo di cavoli e una vigna per contraccambiare il favore fatto al re combattendo e vincendo per lui, e invece tutto quello che avevano guadagnato era stato un posto in una fossa comune, con la faccia sotto i piedi del cadavere di sopra, il sangue mischiato con quello del cadavere di fianco, i vermi che andavano dall'uno all'altro come le comari per le bancarelle del mercato. Erano molte le donne che sognavano di stringere tra le braccia un bambino, e poi non sopravvivevano al parto. Altre sognavano di stringere tra le braccia un bambino sano, e poi scoprivano che non era quella la vita cui erano state destinate.

Ma l'Oscuro Signore avrebbe fallito: non l'avrebbe trasformata in un'assassina. Lei avrebbe protetto la bambina. Il mondo non avrebbe perso la sua decenza. Il suo onore di cavaliere forse non avrebbe scintillato, ma sicuramente non sarebbe stato trascinato nel fango.

«Non si sa mai cosa la vita ci metterà davanti» diceva sempre suo padre. «Ma quello che sai, è come lo affronterai. Con onore, con coraggio, senza lagnarti. Qualsiasi cosa tu faccia, dovrai essere un cavaliere».

Lei sarebbe stata un cavaliere.

Non avrebbe ucciso la bambina. E l'avrebbe tenuta lontano dal mondo degli uomini, perché non potesse fare del male. Le avrebbe insegnato a vivere nel deserto, ad amarlo, a non abbandonarlo mai.

Lei era un cavaliere.

Un vero cavaliere non si arrende mai a nessuno, meno che mai alle trame per fargli perdere l'onore, ed era una fortuna che la prescelta fosse stata lei, una fortuna che non fosse già maritata e con due bambini, perché solo lei poteva far fallire la trama. Una fanciulla più povera, non addestrata, senza conoscenze, senza un cavallo, senza una spada forse non sarebbe riuscita, non avrebbe neanche provato, avrebbe ceduto all'istinto ovvio di sopprimere il neonato.

«Un punto per te, Oscuro Signore, sei stato bravo» disse ad alta voce. «La tua maledetta ignobile creatura è in forma di bambino piccolo, quindi se lo ammazziamo perdiamo l'onore del mondo. Intelligente. Notevole. Lo riconosco. Ma tu non hai calcolato me. Mi hai messo con le spalle al muro con due scelte, ognuna della quali è una catastrofe. Quindi, tra le due scelte, sceglierò la terza».

Sarebbe andata a sud, sempre a sud, senza diventare un'assassina. Avrebbe attraversato la terra dei Boschi Alti, le rive del Lago Incantato, la città di Baar, quella di Kaam, e dopo ci sarebbero stati i grandi deserti, che l'avrebbero accolta, insieme alla bambina infante, che lì avrebbe potuto vivere e sopravvivere senza far del male a nessuno.

«Non hai calcolato me, io sono un cavaliere, come mio padre» mormorò ancora Haxen.

Sentì con le dita le dodici monete d'oro cucite nella giubba, il cacio, le mandorle e il sacchetto di albicocche secche nella bisaccia.

«Ti chiamerai Hania» disse rivolta alla bambina. «In qualche maniera dovrai ben chiamarti. Era il nome della mia bambola». Era un nome bello, forte e dolce insieme, ed era bello che la bambina si chiamasse come la bambola che lei aveva amato da piccola.

Poi si concesse un'altra delle frasi preferite di suo padre: «Coraggio, poteva andare peggio».

Bisognava che continuasse a ripeterselo.

COME UNA BAMBOLA

ome la sua bambola? Come si era permessa?
Fu un'indignazione peraltro solo di facciata. Il
nome le piaceva. Quei due suoni raddoppiati,
la doppia A che dava un senso di apertura! Certo lei
avrebbe meritato qualcosa di più ampolloso, qualcosa
come Iridescente Discendente del Padrone delle Ombre,
oppure Ancella del Regno delle Tenebre, questo sarebbe
stato un bel nome, però è innegabile che un nome corto
avesse una sua certa praticità.

Per il momento sarebbe stata Hania.

Le prime settimane di Hania trascorsero in una minuscola capanna nella parte più fonda e nascosta del bosco
di castagni e noccioli, non quella dove lei era stata concepita, una qualsiasi normale capanna di assi di legno con il
tetto di ardesia. Nella capanna c'era un camino di pietra,
con la legna già accatastata, un giaciglio, uno sgabello,
qualche linda suppellettile. Il pavimento di terra battuta
era ben pulito. Nelle conoscenze innate di Hania c'era
anche la distinzione tra lo sporco e il pulito, lo scomodo e

il confortevole. Lo sporco era scomodo, il pulito confortevole. Era evidente che sua madre doveva aver preparato tutto in anticipo. Aveva programmato la sua fuga, anche con un certo barlume se non di intelligenza perlomeno di buonsenso. Anche nel caso Hania fosse stata uccisa, anche nel caso fosse stata uccisa da altri – la deliziosa nonna, la compassionevole levatrice di beltà pari al valore – Haxen sarebbe andata via, lontana, sola. Ora che ci pensava con attenzione Hania ricordò i pensieri, il pensiero "dovrò andare via", che continuamente tornava, ricordò vagamente il giorno in cui, con un tono distratto e casuale, Haxen aveva dato ordine a qualcuno, forse un guardiacaccia, di preparare la capanna. Sul momento non aveva fatto troppa attenzione. La mente di sua madre era stata un profluvio di pensieri, quasi sempre insulsi, e di azioni, quasi sempre insensate, e l'esperienza del mondo che Hania aveva avuto quando era nel suo ventre era ancora minore di quella che aveva avuto da neonato. Non sempre le era stato possibile accorgersi di quali cose la riguardavano e quali le erano indifferenti.

Restarono lì qualche giorno. La madre mangiò pane, cacio e noci e lei, Hania, ebbe diritto al latte. Sapeva che doveva mangiare se voleva vivere. Sapeva che doveva inghiottire quella robaccia tiepida e liquida. Era sempre combattuta tra la fame e la nausea. Inghiottiva il minimo indispensabile per non morire di inedia, poi si staccava dal seno di sua madre e cominciava il suo piagnucolio disperato, per la nausea che riempiva tutto il suo minuscolo essere, dal cuore alla mente passando per l'anima.

Hania odiava l'acqua.

Tutto lo stupido corpo in cui era rinchiusa era basato sull'acqua. Doveva inghiottire il latte se voleva vivere e una spaventosa parte di quel latte si trasformava nel liquido schifosamente caldo e nauseante che le usciva tra le gambe, che faceva fuoriuscire solo quando il suo corpo era scoperto, perché l'idea che impiastricciasse la stoffa che la avvolgeva era impensabile. E poi c'era l'altro liquido, appiccicaticcio e insopportabile, che la sua pelle formava quando faceva troppo caldo.

Tutto la nauseava. Tutto era nausea.

Tutto era acqua.

La pioggia era acqua, i fiumi, il mare, i laghi. Tutta roba che alla gente piaceva moltissimo, a ulteriore prova della mancanza di valore della gente e dell'acqua. Le sole cose decenti sulla terra, le grandi ininterrotte distese di sabbia e di roccia e le montagne di fuoco, i deserti e i vulcani, erano evitati, fuggiti e temuti.

Sua madre andava verso sud. Il deserto era il luogo dove lei avrebbe incontrato la magnificenza di suo Padre. Ne era certa.

Quando il pane e cacio e le noci furono terminati, sua madre si mise in cammino. Un barlume di buonsenso certo, e un altro punto a suo favore oltre a quello di non averla ammazzata, ma per essere oca era oca. Aveva portato poco cibo che era finito e adesso era senza. Così dovettero andar via, un disastro. Nella capanna c'era un camino, dove si poteva bruciare tanta bella legna, così da avere i piedi caldi. Anche il naso caldo e anche il sedere. C'era un tetto, il che voleva dire che quando c'era la pioggia restava fuori dei loro corpi, in particolare dal suo, fuori dalle loro facce, in particolare dalla sua. La speranza che avrebbe vissuto comoda, essendo nata figlia di una principessa, era andata. Stava vivendo, era qualcosa, ma viveva malissimo. La sua vita era nausea, freddo, fame, una fame insaziabile anche perché l'orrido latte che le dava sua madre, oltre che la sua stessa presenza, il suo contatto, erano nausea.

C'erano istanti in cui Hania non era certa che fosse stata una cortesia salvarle la vita.

In strada faceva freddo e di tanto in tanto pioveva. La siccità stava inghiottendo il paese, si lamentavano tutti, nel frattempo su di loro piovevano le uniche gocce che scendevano sulla regione, ed erano tante e tanto fredde. Hania si augurò che sua madre non ricominciasse a farneticare sulla perfezione del creato perché con i piedi gelati la sua tolleranza, già in origine non eccelsa, diminuiva ulteriormente.

In quei giorni alla capanna, sua madre aveva trasformato la sua sottana in fasce per Hania. Aveva portato per sé delle brache e un giustacuore. Aveva sciolto i suoi capelli, poi con un unico colpo di spada li aveva malamente recisi, li aveva tenuti in mano e poi li aveva buttati nel fuoco. Si era fasciata il seno perché si vedesse un po' meno.

«Andiamo, bambina» disse la madre. «Devo trovare un posto dove comprare qualcosa da mangiare e poi dobbiamo andare a sud, sempre. Non so in quale momento comincerai a essere pericolosa. Voglio che quando questo succederà, tu sia già in un luogo dove non potrai fare del male a nessuno».

Nei pochi giorni in cui erano state nella capanna, il corpo di sua madre aveva ripreso forza. Si muoveva sempre con maggiore agilità. Non gemeva più quando doveva chinarsi. Risalì sul suo cavallo bianco con facilità, sempre con Hania legata con lo scialle della levatrice davanti al torace e nascosta sotto il mantello.

＊

Hania si accorse di avere nella mente, perfettamente disegnata, tutta la mappa della regione, come se fosse stata vista dall'alto, da un falco. Conosceva anche i nomi delle città, dei castelli. Stavano andando verso la città di Baar, Hania sapeva anche che era il centro dei commerci del piccolo regno e che da lì si snodavano le grandi strade che andavano a sud. Ogni tanto sua madre estraeva dalla bisaccia una pergamena e la consultava.

Sua madre stava scegliendo i sentieri. Evitava le strade principali. Le rarissime volte che incontrarono un viandante, lei si tirò il cappuccio sulla testa, tenne il capo chino, non rispose al saluto. Se era una tattica per passare inosservata, non aveva del genio. Una donna sola, con un mantello di velluto indaco su un cavallo bianco in mezzo al nulla, anche con il cappuccio tirato sulla testa risaltava come un passero sulla neve.

Finalmente, quando ormai la notte era calata e la nebbia aveva avvolto il mondo gelido, giunsero a un'osteria, la Taverna del Bue Grasso. A quanto pareva, la loro meta. Hania era nata da meno di una settimana, ma persino lei ci arrivava a capire che quello era l'ultimo posto dove una donna giovane travestita malamente da maschio, con beni inestimabili come un mantello di velluto e un cavallo di razza doveva andarsi a cacciare.

Alla Taverna del Bue Grasso, di grasso non c'era assolutamente niente. Sua madre legò le redini del suo splendido cavallo a una staccionata ed entrò nella taverna che, era evidente persino a lei che faceva il neonato, valeva meno del cavallo. Era un posto sordido, buio e gelido, con un fuocherello stinto su cui bolliva una pentoletta di una qualche minestrina.

Sulla strada maggiore per Baar ci sarebbero state osterie ricche e decenti, dove un cavaliere con un mantello di velluto e un cavallo bello avrebbe anche potuto trovare un alloggio confortevole e avere la fortuna di svegliarsi al mattino senza la gola tagliata. In quel posto lì, una simile speranza era una pura follia.

All'interno si trovarono davanti a una specie di oste lungo e secco, il che già non deponeva bene, con una faccia patibolare, resa sbilenca dall'asimmetria con cui aveva perso i denti.

C'erano tre avventori, seduti nell'ombra, le facce nascoste e indecifrabili.

«Cerco un posto per passare la notte» disse la madre. «Posso pagare».

"Posso pagare". Detto così, sul nulla. Prima avrebbe dovuto chiedere quanto costava passare la notte, poi avrebbe dovuto contrattare, contrattare in maniera spietata, come se ogni centesimo fosse strappato dalla sua stessa carne. "Posso pagare" equivaleva a dire: "Ho un bel po' di oro, tagliatemi la gola, siate gentili, non deludetemi". Hania era molto piccola, ma prima o poi sarebbe cresciuta, se non moriva prima. Sua madre era scema e questo era un dato stabile che solo la morte avrebbe potuto interrompere.

«Ma certo, signora» rispose l'oste. La faccia era veramente patibolare. Aveva aspettato qualche istante prima di pronunciare la parola "signora", che aveva poi sillabato, con un tono di maligna derisione. L'oca avrebbe potuto risparmiarsi il taglio dei capelli. Era talmente a disagio che aveva permesso al mantello di aprirsi e si era visto che aveva un neonato legato sulla pancia con uno scialle, che era una cosa squisitamente femminile. Squisitamente femminile era anche il mantello. Quale maschio sarebbe andato in giro conciato in color indaco?

Un nitrito si sentì fuori dall'osteria. Qualcuno stava cercando di rubare il cavallo.

Il tocco finale.

«In realtà siete stata notata sulla strada e vi stavamo aspettando. Speravamo proprio vi fermaste da noi, altrimenti saremmo venuti a cercarvi, signora» aggiunse.

I tre sulla panca si alzarono in piedi e uscirono dall'ombra e, in effetti, avevano un aspetto migliore quando non si vedevano.

Finalmente persino l'oca ebbe il dubbio di star facendo una scempiaggine, una di quelle grosse, una scempiaggine che metteva in pericolo la sua vita – e fino a lì niente di grave – ma soprattutto metteva a rischio la preziosissima vita di Hania, e questo era imperdonabile.

«Ho cambiato idea» disse bruscamente Haxen, rendendosi finalmente conto del pericolo mortale.

Troppo tardi.

«È troppo tardi bella signora» confermò ghignando l'oste. I tre dell'ombra, che non erano più nell'ombra, trillarono la loro giuliva esultanza.

«Hai un marmocchio. I mocciosi non ci piacciono, ma le belle femmine sì» disse l'oste.

Non gli piacevano i bambini? E allora? A Hania non piacevano gli idioti ed era costretta a viverci in mezzo. La vita era piena di cose non amate o detestate, bisognava adattarsi.

Hania si irritò. Sua madre era un'oca, certo, e anche il genere di oca che i guai se li cerca, ma le serviva viva e in buona salute. E soprattutto non amava chi minacciava lei. Minacciare lei era stato un errore. Minacciare era sempre un errore: "Se sei in grado di fare qualcosa fallo e non annunciarlo prima" diceva la prima regola di tattica militare. Il minacciato potrebbe reagire e prendere contromisure.

Anche se il minacciato è un neonato: l'essere impotente per antonomasia.

Meglio non essere mai sicuri di niente.

La mente di Hania volò in tutte le direzioni e in tutte le parti della vecchia, fetida costruzione. Fece un rapido inventario: pipistrelli in alto, fuoco nel camino, ratti dappertutto e poi c'era sempre la buona vecchia forza di gravità, sempre utile in caso di contesa. C'era un tale numero di ratti lì dentro che sarebbero bastati a fermare un esercito. In effetti i ratti erano i veri signori del luogo, ma lo ignoravano, e gli uomini erano gli intrusi, ma non lo sapevano. I ratti stavano nascosti, ignari della loro potenza, gli uomini dominavano, ignari della loro pochezza. Bastava che tutti i protagonisti della storia si rendessero veramente conto del loro vero potere e le linee di forza si sarebbero invertite.

La mente di Hania trovò i ratti, li stanò dal buio, li scatenò. Erano bestie stolide, la loro natura era restarsene all'ombra.

Lei riempì il loro pensiero di terrore e furore, loro uscirono a frotte sul pavimento della squallida sala, come un esercito, un'armata dopo l'altra. Erano grossi, neri, tanti e con tanti denti, erano impazziti, arrabbiati. Tutti insieme erano un tappeto, un tappeto di ratti, un tappeto folto e alto, in continuo movimento, dotato di denti e di artigli. I tre della panchina inciamparono. Caddero a terra, e centinaia di immonde bestiole furono su di loro.

Ognuno ha le sue buone doti. I ratti avevano la potenza della mandibola e la capacità di lavorare in squadra: diventavano un'unica creatura dotata di migliaia di denti che attaccava ovunque ci fosse la possibilità di farlo. Meglio battersi contro un unico lupo che contro un centinaio di ratti, e lì ce n'erano molti di più. In quel momento i pipistrelli si alzarono in volo tutti insieme e si slanciarono contro la catena che teneva la pentola sul fuoco. La catena si staccò dal suo gancio, la pentola cadde e rotolò spandendo il liquido bollente che conteneva un qualche intruglio verdastro sui tre disgraziati e sui ratti, che squittirono e aumentarono la furia del loro attacco. Uno dei ciocchi in fiamme rotolò sul pavimento e il fuoco si trovò pericolosamente contiguo al legno della panca.

La madre aveva estratto la spada e la puntò alla gola dell'oste.

«Non voglio ucciderti» sibilò la madre.

No? Perché no? Cosa ci sarebbe stato di sbagliato? E perché cominciare una contesa dove la paura che si poteva incutere era uno dei pochi elementi a favore rassicurando l'avversario?

L'oste indietreggiò.

«Levatevi dalla mia strada e vi lascio vivere» disse la madre.

Era stupido. Prima o poi, c'era il rischio che se lo trovassero davanti di nuovo, e avrebbero dovuto batterlo di nuovo. E magari la volta dopo avrebbe vinto lui. Un nemico morto non può più nuocere. Inoltre era uno che faceva del male alle donne e ai bambini. Hania era una bambina e se riusciva a sopravvivere sarebbe diventata una donna: meglio sfoltire.

I pipistrelli volarono contro la nuca dell'oste, sempre che fosse un oste, non aveva l'aria di avere mai cucinato qualcosa. Il dubbio che fossero incappate in un gruppo di briganti che aveva occupato l'osteria dopo averne sterminato i proprietari cominciò a campeggiare nella mente di Hania. Il pericolo in quel secondo caso sarebbe stato molto più grosso: gente senza niente da perdere, che avrebbe potuto inseguirle.

Sbilanciato dai pipistrelli, l'oste o supposto tale cadde in avanti, sulla spada di Haxen, poi scivolò a terra.

La scema si chinò a soccorrerlo, ma l'altro era clamorosamente e platealmente morto, per fortuna, altrimenti la scema lo avrebbe salvato. Il fuoco a quel punto si era appiccato alla panca e Haxen si decise a scappare. Uscì di corsa dalla taverna. Il cavallo stava cercando di portarlo via un ragazzetto tutto ossa e pulci, ma il problema lo aveva già risolto il cavallo impennandosi e sgroppando come un indemoniato.

Haxen risalì in sella e spronò via la cavalcatura.

«Ho ucciso un uomo» mormorò. «È la prima volta nella mia vita» aggiunse.

Hania si indignò per quell'indebita appropriazione di merito. Era stata lei!

"Anche tu eri stato nel ventre di una madre con la tua morte hai perso ogni possibilità di redenzione. Di questo ti chiedo perdono e nel contempo ti do il mio perdono per avermi obbligato a causare la tua morte" mormorò Haxen. Decisamente Hania aveva per madre la più gallina del reame. "Mi chiedo se gli altri sono morti carbonizzati nell'incendio" mormorò. Hania controllò la mente dei ratti. Purtroppo no, si erano messi in salvo buttandosi da una finestra. Tutto non si poteva avere dalla vita.

Il buio era assoluto. Haxen non sapeva dove andare. Fortunatamente la mappa nella mente di Hania era molto chiara e il pensiero del cavallo era facile da guidare. Indicargli la via fu molto più semplice di quanto era stato farlo sgroppare e impennare fuori dalla taverna.

Ritrovarono la strada, quella principale, e arrivarono a notte avanzata all'Osteria della Luna Nuova. Una stalla pulita e biada per il cavallo, una stanza con il camino per loro, tutto lindo e in ordine, nessuno che avrebbe tagliato loro la gola durante la notte: quello era il posto giusto.

Sua madre riuscì a recitare la parte del maschio con una certa attendibilità e finalmente si poté dormire.

Haxen fece sdraiare Hania di fianco a sé dopo essere riuscita a farle inghiottire un po' di latte, ma la nausea e il malessere furono insopportabili e Hania ricominciò il suo piagnucolio. Sua madre le fece un giaciglio dove potesse stare da sola, usando il suo mantello, che aveva un colore ridicolo ma una morbidezza meravigliosa, e finalmente lei si acquietò.

«Abbiamo avuto fortuna» mormorò infine Haxen.

Se si voleva raccontarla così.

«Forse sono stata un po' avventata» aggiunse.

Dovendo scegliere, era più intelligente il cavallo.

«Comunque è andata bene. Il Cielo continua ad assisterci» concluse.

Sì, certo, il Cielo. Il Cielo le assisteva, la natura era bella e intelligente, sarebbe andato tutto bene, poteva andare peggio.

Hania crollò addormentata. La giornata era finita. Ed era ancora viva. Onestamente poteva andare peggio.

⊗⌘

L'alba sorse livida. Hania sperò che potessero fermarsi qualche giorno e soprattutto qualche notte, ma sua madre aveva troppo timore di essere riconosciuta, erano a poco più di un giorno di cavallo dalla reggia, e partirono.

Fortunatamente prima di andarsene Haxen riuscì ad acquistare un mantello di fustagno scuro, molto più sobrio e maschile rispetto a quello che portava e anche più ampio, così che là sotto Hania poteva starsene comoda e nascosta.

Di nuovo Haxen si staccò dalle strade principali, ma restò diretta a sud.

Davanti a loro si aprì una valle e, nel fondo, un lago splendeva nel suo color indaco. Era autunno: ovunque il mondo era grigio, marrone e rosso. Il grigio della terra, il marrone degli alberi spoglio, il rosso delle foglie, delle bacche e delle mele selvatiche. La valle invece era verde. Boschi di abeti e larici – Hania conosceva i loro nomi – ne ricoprivano le pendici. Una delle sette cime che circondavano il piccolo regno svettava in lontananza coperta di neve e si rifletteva nell'acqua.

«Qui saremo al sicuro» mormorò la madre.

Il suo travestimento da maschio era accettabile. Mantello scuro ben chiuso. Tossiva molto parlando. Le persone erano sempre terrorizzate da qualcuno che tossisse. Si scansavano, si allontanavano, non guardavano nemmeno.

In cambio di una delle sue monete d'oro, la madre riuscì a convincere un pescatore a permetterle di usare per tutto l'inverno la capanna più isolata del villaggio, a quanto pareva di sua proprietà. Era un posto spoglio e povero, ma era un rifugio.

La madre lo migliorò: il fuoco era sempre acceso, e questo era sempre una buona cosa per rendere confortevole un posto. Hania era sempre sull'orlo di morire di fame e aveva la freddolosità continua dei malnutriti. Haxen si procurò due bei giacigli di paglia pulita e lì restarono, intanto che la primavera arrivava e il tempo passava.

Uscivano poco, qualche piccola passeggiata in mezzo ai canneti e, quando nessuno era in vista, Haxen apriva il suo mantello perché la bambina potesse godere un po' di sole.

Nessuno si era accorto dell'esistenza di Hania: la bambina era silenziosissima. A parte quello della sua nascita, non aveva mai emesso un pianto vero. Si limitava al suo flebile lamentarsi. Di quello proprio non poteva fare a meno, quando la nausea la squassava, quando doveva inghiottire il latte o quando sua madre la prendeva in braccio, senza l'interposizione dello scialle, che invece rendeva il tutto tollerabile. L'importante era che non ci fosse un contatto diretto.

Hania dormiva pochissimo: la notte restava distesa nel buio con gli occhi spalancati. Sua madre aveva cercato di cantarle delle ninnenanne. Una cosa che aveva causato una nausea ancora peggiore di quando doveva succhiare il latte. Il suo lamento si era alzato talmente straziante che per fortuna l'oca aveva smesso subito.

L'inverno fu particolarmente duro quell'anno. A volte i pescatori tornavano con poco pesce, o niente del tutto, e il costo aumentava. Haxen stava sacrificando tutte le loro monete. Hania ne era molto preoccupata.

Quella roba lì era tutto quello che sua madre aveva per portarla a sud, dove lei finalmente avrebbe potuto incontrare la magnificenza di suo Padre.

L'oca non sapeva contrattare.

Tra le numerose conoscenze che costituivano la mente infinita di Hania, c'era la capacità di contrattazione.

Ognuno vuole sempre il massimo e chiunque vuole dare il minimo. Quindi è fondamentale contrattare. Chiunque deve avere il suo guadagno. Quando si dà del denaro in prestito, è necessario calcolare la cifra di maggiorazione con cui la somma deve essere restituita, somma tanto più alta tanto più lungo è il prestito.

Erano regole essenziali.

Non si poteva non conoscere queste cose.

Non si poteva vivere senza conoscere il significato delle parole cavallo, casa e interesse.

Faceva parte tutto del bagaglio minimo. Evidentemente sua madre ne mancava. Era un'oca. Hania doveva fare da sé se voleva arrivare a sud.

Scavò nel bagaglio infinito del suo sapere e trovò l'informazione che tanto più un bene è abbondante, tanto più il suo prezzo cala.

Cercò le menti dei pesci e dette il comando.

I pesci si buttarono addirittura nelle reti. Le barche dei pescatori rischiarono di rovesciarsi per il peso.

Hania si rese conto di aver sottovalutato l'incapacità umana a emettere pensiero logico, più normalmente detta stupidità. I pescatori tirarono su tutto quello che poterono. Continuarono a tirare su anche quando sarebbe stato evidente a chiunque che sarebbe stato impensabile mangiarli o venderli tutti. Migliaia di pesci furono catturati, scaricati sui moli, dove restarono a marcire.

Il prezzo crollò, l'aria divenne irrespirabile, dopodiché di nuovo il costo salì alle stelle, perché non c'erano quasi più pesci nel lago, essendo finiti tutti a marcire sui moli. I corvi si moltiplicarono, attirati dall'odore, e divennero gli indisturbati padroni del luogo, in un turbinio di piume nere. A questo punto si sarebbero potuti acchiappare i corvi per trasformarli in polpette e spezzatino, ma l'idea non venne a nessuno e il paese sprofondò nella fame.

A quel punto, sua madre decise che il momento era venuto per partire verso il sud. Anche se faceva ancora freddo, ormai la primavera era alle porte.

Una creatura
in forma di neonato

Ħaxen era sempre più sconvolta. L'episodio alla Taverna del Bue Grasso non aveva lasciato alcun dubbio. La creatura a forma di neonato che portava con sé aveva una comprensione assoluta del linguaggio, delle situazioni, e dei poteri spaventosi.

Era evidente che la sua mente poteva mettersi in contatto con quelle degli animali e comandarle. Il fatto che tutto questo le avesse salvato la vita e l'onore, non lo rendeva meno agghiacciante.

In più, a causa dell'intervento dei pipistrelli, cioè di sua figlia, se così poteva chiamarla, aveva ucciso un uomo disarmato. L'oste, o meglio, l'individuo che si spacciava per l'oste del Bue Grasso, era stato trafitto dalla sua spada mentre non aveva un'arma in pugno. Certo, era alto più di lei e più forte, per di più aveva tre compari, questo poteva essere equiparato a un'arma, ma ugualmente il Codice della Cavalleria era stato violato, e quel codice doveva essere rispettato senza eccezioni e, tra l'altro, era l'unica cosa che salvava la vita di Hania.

Haxen aveva spesso sentito parlare del Lago Incantato, così si chiamava, dalla sua balia. L'incanto era semplicemente la bellezza del luogo, nessuna magia. Il giorno in cui arrivò al villaggio di pescatori, una bellissima visione si era aperta davanti a lei. Le acque riflettevano una delle sette cime del regno e boschi fittissimi di abeti e larici rendevano le pendici dei monti verdi come lo smeraldo. Davanti a tutta quella bellezza, davanti a tutta quella quiete, Haxen si era rasserenata. Aveva preso la decisione di trascorrere l'inverno su quelle rive quiete. Tutto sommato, per quanto inquietanti fossero i poteri della bambina, li aveva usati a suo favore. E in tutti i casi era una donna che aveva appena partorito e con un neonato al seguito. Fermarsi le era sembrata l'unica cosa logica.

Haxen e Hania erano rimaste nel paese dei pescatori fino alla primavera.

Haxen teneva la bambina sempre nascosta in una specie di sacca fatta con lo scialle davanti al corpo coperto con il mantello, così che fosse un peso lieve per il suo braccio e che passasse inosservata. Nessuno si accorse che lei non era un ragazzo e che aveva con sé un neonato. E quindi nessuno notò che l'accrescimento della bambina era a dir poco bizzarro.

La bambina non piangeva mai, salvo il piagnucolio al momento dell'allattamento, che lei faceva solo in assoluta solitudine, lontano da ogni sguardo. La bambina mangiava pochissimo. Era scheletrica, sempre sull'orlo della morte per inedia.

Mentre si arrampicava sulla stretta strada del villaggio, Haxen si era fermata una volta qualche istante a guardare una giovane madre che allattava. Più che la madre, guardava il neonato. Il bimbo aveva sempre un'espressione beata. I suoi occhi erano persi nello sguardo della madre. La sua manina si muoveva dolcemente tra il seno e la spalla della madre. Per ben due volte, durante quella lunghissima poppata, si interruppe per sorridere. Alla fine crollò addormentato, stremato dalla fatica, del succhiare, del nutrirsi, del sorridere, dell'essere felice. Una goccia di latte, l'ultima gli colava dalla piccola bocca semiaperta. Era tutto così tenero, così bello. Così buono. Così giusto, come doveva essere.

Hania odiava succhiare il suo latte, per questo era magra, anzi era scheletrica. Succhiava di malavoglia, poi si interrompeva per piagnucolare, poi succhiava ancora, rabbiosa, astiosa: si vedeva che non la voleva quella cosa, ma che doveva farla perché non poteva farne a meno. A quello era indissolubilmente legata la sua sopravvivenza. Succhiava con schifo, con ribrezzo. Questo la rendeva ancora più odiosa, accresceva la tentazione di abbandonarla e fuggire il più lontano possibile dal suo sguardo gelido, dal suo piagnucolio astioso.

Sempre al villaggio ci fu un matrimonio. La sposa doveva avere sedici anni. Aveva una coroncina di foglie e bacche a fermare il velo che le scendeva sulle spalle. Era felice, come felice era il giovane che stava sposando. Furono versate una brocca di acqua e una manciata di sale sulla porta della nuova casa.

Haxen dovette scappare via, perché gli occhi non le si riempissero di lacrime. Una volta nella sua capanna, estrasse la spada e, guardandola, ritrovò la calma.

Ognuno ha il suo destino, e il suo era di essere un cavaliere, colui che avrebbe salvato il mondo impedendogli di perdere la sua decenza nell'assassinio di un bambino, e che lo avrebbe protetto.

Non aveva mai rivelato ad alta voce la meta del loro viaggio, perché aveva capito che la bambina comprendeva perfettamente il linguaggio.

Si era limitata a bofonchiare che andavano a sud, nel deserto. Andavano sicuramente a sud e la loro meta era sicuramente il grande deserto che c'era dall'altra parte delle montagne meridionali, ma il luogo preciso erano le fonti dell'Acqua Sacra nella Valle degli Zampilli.

Lì, forse il miracolo sarebbe avvenuto, che Hania perdesse la sua malignità o che almeno smettesse di essere un pericolo.

Alla fine dell'inverno avvenne un episodio terrificante. Migliaia di pesci si gettarono nelle reti dei pescatori. Non fu una pesca fortunata, fu un suicidio di massa. Abituati alla penuria perenne, alla fame che da sempre li accompagnava, la miseria che da sempre custodiva le loro vite come un carceriere rognoso e implacabile, i pescatori fecero la follia di raccogliere tutto quel pesce, non ebbero la saggezza di ributtarlo in mare. Nel giro di un giorno i moli si riempirono di corvi, poi arrivarono i sorci, ultimi i vermi. Un tanfo mortale ammorbò la valle. Finalmente ci si decise a buttare in acqua tutta quella nauseante ricchezza, ma a quel punto era tardi. Tutta quella massa di marciume avvelenò il lago causando una nuova moria di pesci.

Il lago non poteva più nutrire nessuno.

Era un posto morto.

Era evidente che la causa di tutto non poteva che essere stata Hania. E che l'unico motivo non poteva che essere la pura malvagità.

Haxen doveva portarla via, a sud, subito. Dove non potesse fare del male.

Salutò il suo cavallo, Aliin, regalato dal suo amatissimo padre, e lo abbandonò legato alla capanna che le aveva ospitate. Doveva ricambiare il disastro fatto da sua figlia.

Era un cavallo di grandissimo valore.

In più con quel cavallo dava nell'occhio e rischiava di attirare i malintenzionati. Inoltre aveva capito che Hania poteva controllarne la mente, e preferiva non dare alcun potere alla bambina, meno che mai quello di guidare la loro strada.

Perdere il cavallo fu l'ultimo colpo, che rese la sua solitudine totale. Era un amico, era l'ultimo legame con la sua vita che era stata spezzata, era caldo e forte. Era la creatura necessaria per essere un cavaliere. Aveva resistito alla tristezza che non era diventata disperazione quando aveva abbandonato la sua casa perché con sé aveva il suo cavallo.

Ora sentì tutta la deriva in cui la sua vita stava sprofondando.

La sua quotidianità divenne bruscamente più povera, più difficile e scomoda.

Haxen si avviò a piedi, verso sud, faceva dalle cinque alle sei leghe ogni giorno, dormiva dove poteva, mangiava quello che trovava, con la bambina sotto il mantello. Male alle gambe e alle spalle, vesciche ai piedi furono i compagni costanti e lo restarono per molto tempo.

∽∾

Appena la bambina ebbe tre mesi, Haxen dovette svezzarla. Ben prima di qualsiasi termine noto per una creatura normale, comparvero i dentini: tutti, bianchissimi e acuminati.

La bimba mordeva a sangue. Haxen dette fondo a tutta la sua forza di cavaliere per evitare di massacrarla e la svezzò. Con indubbio sollievo: allattarla era un tale strazio, una tale pena! C'era la speranza, poi, che forse così avrebbe mangiato un po' di più del minimo indispensabile per la sua smunta, scheletrica sopravvivenza. Haxen provò con tutti i cibi che si davano ai bambini piccoli: il latte di capra con il miele, il pane ammollato nell'acqua. La bimba inghiottiva qualcosa, di malavoglia e di malagrazia, poi si interrompeva e cominciava a sputare, e faceva sentire un pianto insieme flebile e iroso, un suono insopportabile, che spaccava le orecchie, non perché fosse forte, al contrario era appena udibile, ma perché risuonava dentro, dava nausea, voglia di vomitare, voglia di morire, voglia di fare qualsiasi cosa che non fosse vivere, perché vivere era nausea e sempre lo sarebbe stato.

Nel regno, ovunque la miseria e la fame stavano aumentando. La siccità imperversava. Diventava sempre più difficile per Haxen procurarsi da mangiare, e sempre più difficile darlo alla bambina, che ora era anche in grado di allontanarsi appena la vedeva con il cibo. Perché non morisse, Haxen doveva metterglielo a forza in bocca e tenerle la bocca chiusa fino a che non aveva inghiottito.

Quando Hania compì i sei mesi, maggio riscaldava il mondo. Venne giugno e il grano inaridito dalla mancanza di acqua seccò sullo stelo senza maturare.

Da un giorno all'altro, senza nessuna progressività, Hania fu in grado di camminare e correre, di scappare, quindi, e di arrampicarsi. Aveva una capacità di movimento che poteva sembrare quella di un normale bambino di almeno due anni. A otto mesi Hania aveva una velocità e un'agilità micidiali: da gatto, da lupo, da bestia da preda, da belva. Era molto più alta di un normale bimbo di otto mesi, e quell'allungamento innaturale l'aveva resa ancora più smunta. Era alta, certo, ma non tanto quanto un normale bambino di due anni. Il risultato era una creatura bizzarra: troppo agile per un bambino di un anno, troppo piccola per essere un bambino di due.

L'effetto era di una specie di agilissimo folletto, una creatura non del tutto umana.

In compenso non parlava. A parte il suo rarissimo, flebile, straziante pianto, non emetteva nessun suono. Non rideva, non sillabava, non tentava nessun gorgheggio.

Haxen continuava a parlarle, nella speranza di una qualche risposta, sempre invano.

La bambina era sempre rinchiusa nella sua espressione di astio. Non rideva mai. Non cambiava nemmeno mai espressione. Smise anche di guardarla in faccia. Lo aveva fatto nei primi giorni di vita, quando era innaturale e inquietante che lo facesse e smise quando invece avrebbe dovuto farlo. La guardava solo di sbieco, con uno sguardo obliquo, mai diretto.

Haxen si era resa conto che, tra sé e sé, la chiamava l'"istrice".

Era penoso badare alla bambina. In compenso dal primo giorno di vita Hania si era tenuta pulita, aspettando per liberarsi gli istanti in cui le sue parti basse erano scoperte. Anche questo era un particolare inquietante, la prova che non era mai stata una neonata e non era una bambina, che di una neonata o una bambina aveva solo la forma.

Anche così, scheletrica, ingrugnita, Hania era bellissima. Dal fondo delle sue occhiaie profonde, i suoi occhi di un azzurro splendente riuscivano comunque a illuminare il visetto imbronciato e livido. I capelli erano biondi, con una sfumatura più calda di quelli di Haxen, più vicina al miele di castagno che non a quello di tiglio.

Hania almeno non doveva più essere portata in braccio. Haxen camminava avanti e la bimba le trotterellava dietro. A volte Haxen si dimenticava della sua presenza. La bambina era silenziosissima, non solo nel senso che non parlava, non piangeva, non cantava, non starnutiva, non tossiva, non emetteva suoni, ma nel senso che anche i suoi passi erano stranamente silenziosi per un bambino. Non c'era mai il rumore del rametto spezzato, del calcio dato alla pietra o alla pigna.

I rari passanti prima guardavano lei, poi la bambina e infine di nuovo lei. Quelli più educati si limitavano a manifestare la loro disapprovazione scuotendo la testa e stringendosi nelle spalle.

Gli altri facevano sentire la loro voce.

«Ehi, giovane, devi darle da mangiare a quella bambina. È solo ossa».

Molti erano i bambini che erano solo ossa, la miseria si espandeva, ma si trattava di creature vestite di stracci, con madri scheletriche e a loro volta vestite di stracci. Hania aveva vesti di velluto indaco e lana azzurra ricavate dal mantello di Haxen e dalla gonna che lei aveva sostituito con le brache. Haxen cercava di inventare qualcosa che fosse credibile e sensato.

«Lo so, lo so. Credete che non lo sappia? La bimba è malata. Ha una malattia che nasce da dentro e non la lascia mangiare».

In un certo senso era vero. Solo che la malattia era lei, Hania. Era lei la malattia, per se stessa e per il mondo.

La siccità stava inghiottendo il paese. La carestia cominciava a comparire. La follia inghiottiva il mondo. Passarono in un villaggio dove un vecchio e un ragazzo furono impiccati. Il ragazzo aveva rubato tre capre, il vecchio aveva rubato un cavallo e la folla applaudiva felice alla loro morte.

La miseria dilaniava tutti e c'era il sospetto, nel cuore di Haxen, che la presenza di Hania nel mondo, il suo solo proiettare ombra, ne aumentasse il dolore.

"Sul mio onore di cavaliere" mormorava a se stessa.

Non l'avrebbe uccisa. Mai. Non l'avrebbe abbandonata da sola a morire di fame, ma doveva ripeterselo che era per il suo onore di cavaliere, sempre più spesso. Non avrebbe nemmeno permesso che lei annientasse il mondo. L'avrebbe portata via e avrebbe speso tutta la sua vita a fare da balia a quell'istrice astioso.

Sul suo onore di cavaliere. Ci sarebbe riuscita.

Haxen parlava sempre alla bambina. Le spiegava ogni cosa e le parlava come si parla agli adulti.

Le diceva cose che avevano a che fare con quello che incontravano.

«Questo è un forno, qui fabbricano il pane. Si capisce dall'odore del pane fresco».

L'istrice restava indifferente. Però capiva ogni cosa.

«Sotto quella quercia è pieno di fango» diceva distrattamente Haxen. E la bambina evitava l'albero.

Non le dava nessun segno, mai, ma capiva tutto e ascoltava sempre. In fondo non era solo dell'Oscuro Signore. La bambina per metà era sua. Haxen si chiese se, forse, raccontando qualcosa, poteva far germogliare in lei quella piccola parte di umanità.

SCOPERTE

L a scema aveva dato via il cavallo. Era di là da ogni immaginazione. Certo persino Hania si era resa conto di aver fatto un pasticcio con i pesci, ma se fossero rimaste dove erano avrebbero potuto vivere calde e comode e prima o poi Hania avrebbe potuto rimediare. Peraltro era una bambina di pochi mesi: poteva capitare che facesse uno sbaglio.

Era assolutamente certa che non era stata colpa sua. Gli uomini ci avevano messo del loro a fare il disastro. Ora aveva capito, lei doveva dare l'ordine di buttarsi nelle reti solo a un numero giusto di pesci, perché gli uomini non erano abbastanza intelligenti da fermarsi quando il pesce bastava. Non si era ricordata della stupidità degli uomini: l'aveva sottovalutata. Un errore suo, certo, ma altrettanto certo era che non l'avrebbe mai ripetuto.

Senza speranza e senza appello era stato il gesto di sua madre, che aveva dato via il cavallo, quella bestia magnifica, soprattutto preziosa, perché il cavallo camminava con le zampe nel fango, o nell'acqua o nella polvere.

Ora che il cavallo non lo avevano più, quell'operazione, camminare con i piedi nel fango, dovevano farla loro. Dare via il cavallo era stato un gesto contro di lei. In primo luogo perché lei del cavallo poteva controllare la mente e quindi, levandoglielo, aumentò la sua impotenza. Quando stava in groppa al cavallo, lei riusciva a staccarsi dal corpo di sua madre, mentre se Haxen la portava in braccio il contatto era più stretto e la nausea arrivava. Una cosa penosa. In più, si fermavano in continuazione.

Poi, finalmente, Hania imparò a camminare, e questo aumentò la stanchezza e la fame, quindi la necessità di inghiottire, ma ogni cosa che sua madre le dava era nausea.

Anche così, preferì camminare allo stare in braccio.

Camminare era interessante. Camminare aveva i suoi vantaggi. Si mettevano i passi uno dopo l'altro, e uno era padrone dei suoi movimenti, delle sue azioni, della sua direzione. Non doveva stare nascosta sotto il mantello. Poteva vedere il mondo. Senza cavallo andava lentamente, certo, ma in un certo senso così era più sicuro. Erano un giovane e una bambina che camminavano per strada, senza grandi beni, ed era meno probabile che attirassero malintenzionati.

In più lei non aveva nulla. Sua madre le aveva dato il nome di una bambola, quindi lei ne aveva avuta una. Perché Hania non ce l'aveva? E anche sui colori c'era qualcosa da ridire. L'indaco era un colore stupido. A lei piaceva il rosa.

La sera si accampavano in qualche punto riparato, oppure alloggiavano in una locanda, quando ne trovavano lungo la strada. Se qualcuno attaccava discorso, la madre rispondeva, tossendo molto, che erano fratelli. I genitori erano morti di una malattia terribile, e anche contagiosa, e loro stavano raggiungendo lontani parenti nelle lontane contrade del paese. Lei e la madre si somigliavano molto, la storia che fossero fratello e sorellina andava benissimo. Il fratello grande tossiva, la sorella piccola sembrava uno scheletro tanto era magra: la storia della malattia era sensata.

La tristezza della storia, la tosse e la possibile contagiosità del morbo che aveva sterminato la famiglia, paralizzavano qualsiasi conversazione e allontanavano l'infinita genia dei curiosi, degli impiccioni e anche dei possibili rapinatori. Nessuno voleva farsi affliggere da storie tragiche e lacrimose, nessuno voleva farlo stando a poca distanza da chi era stato a contatto con una malattia tremenda e magari la stava covando. Tutti si allontanavano e le lasciavano in pace.

∾

In un giorno di rara e micidiale pioggia si rifugiarono sotto un piccolo ponte, che sovrastava un canneto è un ruscello. La durezza della pioggia era troppa. Il fango era troppo. Si accucciarono al riparo e se ne rimasero lì. Faceva un freddo uggioso che entrava nelle ossa, e questo aumentava la fame di Hania. Sua madre si appisolò, avvolta nel suo mantello. Hania rimase lì a guardarsi intorno, a sua volta appallottolata nelle sue vesti fradicie, quando finalmente passò una rana.

Istintivamente Hania la acchiappò. Non fu neanche troppo difficile: lei era molto veloce e la rana aveva avuto l'ordine di non muoversi, un ordine che aveva eseguito solo in parte, aveva una mente troppo rozza per essere comandata del tutto, ma comunque funzionò.

Una volta che ebbe la bestiola tra le mani, istintiva-mente strinse, così da ucciderla. Questo le dette una me-ravigliosa sensazione di potere.

Era la prima volta, la seconda dall'episodio della ta-verna, la terza se calcolava anche i pesci, che usciva dalla situazione di impotenza che da sempre era la sua essen-za. Non poteva nulla contro la nausea, non poteva nulla contro il freddo, nulla contro la fame, ma aveva avuto un potere assoluto sulla rana.

Questo la rasserenò e la divertì. Aver causato la morte di qualcuno era una forma di potere, un bel potere ton-do e forte, una cosa bella.

Hania guardò il corpicino tra le sue mani. I serpenti mangiavano le rane. Anche tutti gli uccelli che riusci-vano ad acchiapparle. Chissà se… Se era buono per un serpente…

Hania mise il piccolo corpo in bocca e lo mangiò. Sentì sotto i denti aguzzi gli ossicini che si frantumavano. Sentì la poca carne, e il pochissimo sangue. Era tutto così buono, così tiepido. Per la prima volta in vita sua provava la gioia di mangiare senza avere nausea. Si sentiva be-nissimo, a ogni boccone meno debole, meno disperata, meno vuota.

Cominciò una straordinaria caccia alle rane. La felici-tà riempì Hania. Correva felice nel canneto. S'immerse nell'acqua, tanto era già fradicia, catturava i girini a man-ciate e poi li metteva in bocca. Li sentiva vivi tra i denti e poi morti sotto i denti. Era splendido. Doveva controllarsi per non inghiottirli ancora vivi, non voleva inghiottirli vivi, sarebbe stato sprecare divertimento.

Per la prima volta in vita sua poteva non avere fame. Nel suo essere era arrivata la potenza: la potenza del lupo che per la prima volta arriva sugli agnelli, la potenza del giovane falco sul nido delle tortore. Sentiva la gioia di essere forte. La fame era impotenza. Come il freddo. Chi ha fame e freddo, sa di non avere avuto abbastanza potenza da procurarsi un fuoco, o qualcosa da mangiare. Era come se l'universo dicesse: "non vali niente, non sei capace di procurarti da mangiare, di tenerti al caldo". Ora il suo corpo pieno di cibo produceva calore, finalmente. Hania stava immersa nell'acqua fredda e ci si divertiva. Gli schizzi, i girini: per la prima volta in vita sua stava giocando, non aveva fame, non aveva freddo, era felice.

E insieme alla gioia, arrivò l'astio violento per sua madre. Le aveva sempre dato solo cose che la facevano stare male, latte, biscotti, poltiglie tiepide di qualche cosa. L'aveva ridotta a uno scheletro. Perché non le aveva mai dato le rane, non le aveva mai dato i girini? Perché non le aveva mai dato la possibilità di mangiare ed essere felice, forte?

Sua madre si svegliò, la guardò in piedi in mezzo allo stagno, commentò preoccupata che era fradicia, non si accorse che aveva la bocca e la pancia piene, le mise addosso qualcosa di asciutto e poi ricominciarono a camminare.

Da quel momento, durante la marcia, gli occhi di Hania furono incessantemente alla ricerca di qualcosa da mangiare.

La sera trovarono una locanda. Fu una fortuna, loro erano zuppe fino alle ossa e le strade erano fiumi di fango: la siccità aveva indurito la terra trasformandola in una coltre impenetrabile, e l'acqua le scorreva sopra trasformandosi in violenza e ruscelli.

La locanda era deliziosamente infestata di topi. Ce n'erano ovunque: era una meraviglia ascoltare le loro zampette e gli squittii.

Dopo che Haxen fu addormentata, Hania ne chiamò uno, ce n'erano tanti che era difficile scegliere, alla fine si decise per il più vicino: meglio semplificare. Il topo però era una creatura ben più grande di una rana, dotata di uno scheletro grosso e di una pelliccia che andava tolta. Era necessaria un'arma. Hania prese silenziosamente il pugnale di sua madre, quello che lei portava sempre alla cintura, e decapitò il topo. Il sangue sporcò dappertutto. La sua veste ne fu disastrosamente imbrattata. Hania non l'aveva previsto. Doveva imparare a calcolare le conseguenze delle cose. Poi ci fu il problema di scuoiare la bestiola, non fu facile. Il pugnale non era lo strumento idoneo, era lungo e dritto e sarebbe stato necessario qualcosa di corto e ricurvo, e poi era la prima volta che lei scuoiava un animale.

Alla fine ci riuscì: lei riusciva sempre. Il potere di nuovo la riempì di calore e gioia, e poi cominciò a mangiare. Il topo era molto più duro della rana, ci volevano veramente i denti aguzzi, ma era infinitamente più buono e più caldo. Una pura delizia. Per la seconda volta in vita sua non era affamata.

Mentre mangiava, mentre inghiottiva, mentre tutto il caldo e il forte le entravano dentro, si trovò a naso a naso con sua madre. Haxen si era svegliata e la fissava allibita.

Hania non smise di mangiare. Il topo era suo, lo aveva catturato lei. Si era catturata una preda e se l'era mangiata. Un diritto elementare. Nessuno poteva azzardarsi a dirle niente.

Haxen ripulì il pugnale. Era pensosa.

Poi, dal fondo della sua bisaccia estrasse una mandorla e un'albicocca secca, le ultime. Hania spesso l'aveva vista mangiarne. Era roba che Haxen non le dava mai. Ora finalmente si era decisa, evidentemente. Il fastidio di vederla finalmente contenta e con la pancia piena l'aveva spinta a quel gesto tardivo. Haxen pose la sua offerta sul pavimento. Hania restò perplessa, poi la curiosità la spinse a provare. Quella era roba buona. Non dava repulsione. Sua madre non gliene aveva mai dato prima! Se l'era tenute per lei! Hania inghiottì quella delizia, ma non mollò il topo, fino a che non fu spolpato fino all'ultima briciola di carne. E il rancore per sua madre restò, più forte di prima.

ᚙ

Il mattino dopo, sua madre ordinò per colazione salsicce e cipolle per sé e zuppa di pane e latte per lei, poi, mentre nessuno guardava, scambiò le scodelle.

Hania guardò incerta, poi provò a mangiare. Era buono, non come il topo crudo, certo, ma si poteva mangiare senza nausea, a volontà.

La bimba di nuovo si sentì felice, era così bello essere felice, era bello stare bene, era bello sentirsi bene, era bello mangiare, inghiottire, averne ancora voglia, non avere fame, non avere freddo.

In un certo senso, un pochino, forse, senza esagerare, si poteva anche dire che era bello vivere.

Mentre affondava i denti nella carne piena di pepe, mentre il sapore forte e piacevole arrivava, una serie di pensieri le riempirono la testa. Hania riuscì a rendersi conto, e anche questa fu un'acquisizione difficile, che se la sua conoscenza era straordinaria in molti campi, era straordinariamente deficitaria in altri. Sapeva tutto sulle strade, sul prezzo delle cose, era anche in grado di stabilire guardando in faccia le persone chi era un pericolo, chi stava per attaccare.

D'altro canto, qualsiasi cosa fosse lo stare volentieri uno di fianco all'altro le era estraneo, del tutto incomprensibile. Capiva che c'era qualcosa da sapere, che qualcosa le sfuggiva.

Hania spesso aveva visto altri bambini, in braccio alle loro madri. Era restata a guardarli a lungo, tutto il tempo che poteva. Le madri li cullavano, raccontavano idiozie, cantilenavano nenie orrende, e quelli erano contenti, come un porcello che fosse caduto nel trogolo, come un verme nel formaggio. Finalmente, come un raggio di sole che compare dopo un uragano a illuminare tutta la piana, capì che gli altri bambini non provavano nausea, né a stare in braccio alle loro madri, né a bere il latte, né ad ascoltare le orride ninnenanne. Dovevano essere stupidi per ascoltare quella roba, ma una cosa era annoiarsi, una era stare malissimo. Lei non è che ci si annoiasse, lei ci stava malissimo.

La verità le squarciò la mente. Scoprire di essere diversa, o meglio che gli altri erano diversi da lei, fu un'acquisizione difficile, ma alla fine non ebbe dubbi. Insieme al disprezzo, nella sua mente saltellava una scintilla di qualche altra cosa. La identificò come una minuscola pallina colorata, il colore era l'indaco. No, non era vero. Il colore era indaco, ma c'erano anche delle iridescenze verdi come l'erba appena nata.

Pensava a quella pallina colorata, cercando di darle un nome e persino nello sterminato numero di parole che alloggiavano in quella parte della sua mente che conteneva la conoscenza innata, in tutte le possibili lingue, con difficoltà riuscì a trovare la parola.

Era "nostalgia". Ma anche quella era inesatta, visto che la nostalgia avrebbe dovuto indicare un'esperienza già fatta, molto amata e perduta, mentre nel suo caso indicava qualcosa che, ecco, uno avrebbe dovuto essere destinato a provare e invece… e invece? E invece non aveva provato perché non poteva provarla, pena una nausea devastante. Ancora più devastante della solitudine che la intrappolava.

Una minuscola luce indaco e verde erba che danzava nella sua sterminata solitudine: una sterminata solitudine in cui lei era costretta a vivere, rinchiusa dalla nausea che la flagellava e la martirizzava, impedendole qualsiasi cosa non fosse solitudine, nausea, freddo e fame, come un uccellino in gabbia, un prigioniero nella sua segreta. Lei era sola in un mondo minaccioso e aggressivo, che quando diventava affettuoso e benevolo le dava la nausea. La sua solitudine era fatta di sbarre invincibili che erano dentro di lei. Gli altri stavano in braccio alle loro madri e si addormentavano cullati dalle loro nauseanti ninnenanne.

Lei era sola.

«Ragazzo, non dare alla piccola quella roba, dalle cose giuste per un bambino» bofonchiò una vecchia che era passata vicino al loro tavolo, guardando con disapprovazione, ma Haxen rispose con un gesto vago e l'altra alzò le spalle brontolando.

C'erano cibi da bambino e altri che non andavano bene? E solo i primi la facevano stare male? Davanti alle salsicce che sua madre le aveva messo davanti, finalmente con la pancia piena, insieme a quel primo pensiero ne arrivò un secondo e il secondo pensiero fu che sua madre non avesse mai avuto nessuna idea della sua nausea.

Non era vero che la odiava. Molto più semplicemente lei aveva cercato di fare quello che normalmente facevano le madri, non riuscendo a capire che Hania era diversa. Avrebbe dovuto capirlo, certo, che non fosse un genio ormai era stabilito, ma non la odiava, non la detestava, non lo aveva fatto apposta.

Era una notizia impressionante. La solitudine di Hania si alleggeriva. Galleggiava.

Aveva la pancia piena e non era circondata da odio.

ᘓᘔ

Da quel giorno sua madre la nutrì decentemente. Niente però era buono come la preda appena uccisa. Tutte le volte che sua madre voltava le spalle, Hania cercava qualcosa da catturare.

Ammazzare era comunque un piacere, il massimo dei piaceri: sentiva la propria potenza nella morte dell'altro. Riuscì a catturare un gatto, libbre e libbre di ottima carne. Lo attirò verso di lei e quando lo aveva già nelle mani sua madre intervenne. Lo stesso avvenne per un cagnolino. Sua madre non le permise di toccarlo.

UNA LUNGA STRADA
PIENA DI COSE

Andare a piedi era una maniera lenta di avanzare. Per passare il tempo, Haxen aveva cominciato a raccontarle episodi della sua infanzia, ripetendo quello che le avevano sempre spiegato la regina sua madre e poi la balia, che bisognava essere buoni e che essere buoni era meglio di non essere buoni.

Rimettere in ordine la propria stanza voleva dire essere buoni, mentre picchiare il figlio del cuoco che era più piccolo di lei voleva dire non essere buoni; fare del male a un gatto o a un cagnolino, che sono bestiole carine e disarmate e simpatiche e non si mangiano, era male.

Hania ebbe il dubbio che sua madre fosse ritornata al primitivo progetto di ucciderla e che avesse deciso di farlo con la noia. Avrebbe potuto funzionare. A parte ogni altra considerazione, quei discorsi risvegliavano anche, sia pure in forma leggera, una sua vecchia conoscenza: la nausea. Forse c'era anche l'esasperazione: le salsicce di maiale si potevano mangiare ed era bene, i gatti no, perché era male. Poteva mangiare quello che un altro aveva ucciso, ma non quello che aveva ucciso lei, che era male. Suo padre, il Signore della Menzogna e dell'Inganno era un implume dilettante se paragonato alla normale distinzione di bene e male che faceva la balia di sua madre.

Era male attaccare i deboli e i disarmati. Certo, perché il maiale con cui avevano fatto le salsicce lo avevano affrontato ad armi pari e in singolar tenzone.

Poi sua madre smise di parlare della balia e cominciò a raccontare le avventure del Cavaliere di Luce.

"C'era una volta un mondo perso nella tirannia e nell'ingiustizia e un cavaliere con un'armatura che splendeva sotto il sole venne a ristabilire le regole dell'onore. Il Cavaliere di Luce compariva ovunque la giustizia necessitasse del suo soccorso…"

Quella sì che era una storia.

Le storie del Cavaliere di Luce ad Hania piacevano moltissimo. All'inizio come una bolla impalpabile, ma poi sempre più forte, tanto da diventare determinazione, le ruotava nella mente l'idea di imitarle.

Quando massacrava qualcuno, rane, topi, scoiattoli, la sua impotenza nel terrore dell'altro si annullava e diventava il piacere, il piacere immenso di sentire il potere. Ma a massacrare uno più piccolo, più debole, reso impotente dal controllo sulla sua mente, dove era la forza? E, soprattutto, dove era l'eroismo? Dove era il coraggio?

Come fare una corsa con uno sciancato, come fare una gara di arco con un cieco.

Invece, massacrare qualcuno di veramente malvagio, qualcuno che aveva massacrato altri, tenuto in ostaggio un villaggio, picchiato bambini… Quello era potere.

Era facendo il giustiziere che lei avrebbe potuto sentire tutta la sua potenza.

Era un'idea geniale. Più ci pensava, più le piaceva. Non bisogna fare del male a chi non ha mai fatto del male, aveva detto la madre. Certo, che gusto c'era? Dove è che si mostrava il proprio valore? Se qualcuno era talmente debole da non aver mai ammazzato nessuno, che potenza c'era ad ucciderlo?

Ammazzare uno molto armato che avesse massacrato tanto, torturato, storpiato: quello sarebbe stato un segno di potenza, di vera potenza.

Avrebbe avuto uno di quei nomi forti, come il Giustiziere, il Vendicatore. Certo Hania il Terrore degli Uomini, Hania la Sanguinaria sarebbero stati nomi alti, ma Hania il Giustiziere, Hania la Vendetta sarebbero stati nomi più alti, perché chi batte un Terribile o un Crudele dimostra di esserne più forte.

In più, nel suo diventare un paladino della giustizia, avrebbe reso la madre contenta. Anche se lei era figlia di suo Padre, il Principe delle Tenebre, mentre sua madre altro non era che la povera oca che aveva portato la sua gravidanza, Haxen non era del tutto priva di importanza, per lei almeno: doveva riconoscerselo. Quando sua madre stava male, quando era arrabbiata, diventava sgradevole. Era più piacevole avere a che fare con lei quando era contenta: si dava più da fare a trovare da mangiare, raccontava più storie. E quando era davvero molto contenta, arrivavano quelle buone.

∞

Hania si accorse che un uomo le seguiva. Diverse volte Hania ne fu assolutamente certa e cercò di indicarlo a sua madre, e qui si accorse di avere delle difficoltà.

Da neonata poteva guardare in faccia sua madre, poi la cosa aveva cominciato a darle la nausea, ora semplicemente non ci riusciva. Fece dei gesti in quella direzione, ma senza guardare la madre, senza indicarglielo. Lei non era molto astuta, certo, ma onestamente era difficile, impiegava sempre troppi istanti a capire e quando finalmente si girava, l'uomo era scomparso.

A seguirle era un tizio enorme, vestito di stracci e di pelle, un cacciatore, o un bracconiere. All'inizio Hania non era certa che stesse andando dietro a loro due. Poteva anche essere qualcuno che se andava per i fatti suoi, putacaso per la stessa strada che stavano facendo loro, ma non appena sua madre si buttò sulle strade secondarie, il caso divenne improbabile e non ci fu più nessun dubbio. L'uomo le stava seguendo e lo stava facendo di nascosto.

E l'oca che le faceva da madre, ovviamente, non se ne era neanche accorta.

Continuarono a marciare. A volte c'erano intere giornate che erano quasi piacevoli, con un venticello lieve che rinfrescava l'aria, a volte la giornata era completamente spiacevole: fatica, gambe che facevano male, fatica, vesciche, fatica, polvere nei capelli, nelle vesti, nelle narici.

Finalmente sua madre decise di averne abbastanza di quel loro marciare.

Era ottobre, ma ugualmente nelle ore centrali del giorno il sole era rovente, il caldo insopportabile. Il paesaggio era giallo di erba seccata, con qualche sottile torrente che si riconosceva come un nastro color smeraldo per gli oleandri e le canne che lo affiancavano. In un villaggio indicarono una fattoria dove viveva un birraio proprietario di un carro, il quale spesso andava verso sud a vendere le sue botti. Avrebbero potuto chiedere di essere trasportate.

Seguirono le indicazioni e trovarono campi di luppolo ormai spogli e al centro una piccola fattoria. C'era una donna disperata ed era pieno di bambini. Se un posto che odorava di pane era una fabbrica di pane, quella casa era evidentemente una fabbrica di orina.

L'uomo che cercavano, il birraio, era malato e la donna disperata era sua moglie, la sua futura vedova sarebbe stato più corretto dire, madre di una serie di mocciosi in attesa di diventare presto orfani. I bambini piangevano e piagnucolavano. Quando sembrava che la lagna si stesse per calmare, qualcuno rilanciava e si ricominciava. Erano un branco di piccoli straccioni, però persino in quella casa miserabile le bambine avevano una bambola.

«È caldo come una gallina, cieco come un pipistrello, secco come un osso, rosso come una barbabietola e matto come una lepre d'agosto» spiegò la sua sposa con un singhiozzo. «Aspettiamo il peggio. Il Signore Oscuro deve essere passato di qui e ci ha lasciato una delle sue maledizioni. Ogni giorno di più sento la sua malefica presenza quando entro nella stanza del mio sposo».

Hania ebbe un tuffo al cuore: suo Padre era lì? O almeno ci era stato in passato e magari le aveva lasciato una traccia? Avrebbe potuto conoscerlo, avrebbe potuto presentarsi al suo cospetto, avrebbe potuto esserne tratta in salvo, via da quel mondo insulso, sordido, miserabile e demente in cui era costretta a vivere.

Si precipitò felice nella stanza del moribondo. La delusione fu tremenda. Nella stanza c'erano odore di marcio, odore di chiuso, odore di alito pestilenziale e odore di orina che non mancava mai in nessun punto di quella miserabile casa. Nessuna traccia dell'oscurità e della magnificenza di suo Padre. Lì non c'era, né c'era mai stato. La sua felicità, quel suo primo unico istante di felicità pura della sua vita, qualcosa che non avesse niente a che fare con i piedi asciutti e la pancia piena, crollò immediatamente. Hania dette un'occhiata distratta al moribondo e si allontanò dalla stanza trascinando i piedi.

«Persino la tua sorellina è rattristata dalla sofferenza del mio sposo» osservò commossa la contadina. «Sorprendente per una bimba così piccola».

«Sì, veramente sorprendente» commentò Haxen perplessa.

Dopo aver avuto la speranza di incontrarlo, il dolore per la mancanza del suo augusto tenebroso padre era veramente insopportabile. Hania ne fu stordita per parecchie ore. Poi lentamente cominciò a riprendersi e si guardò intorno. Il posto era veramente di uno squallore miserabile, di una tristezza indecente. Frutteti smunti, campi stitici, due oche, qualche gallina, un minuscolo ovile, e soprattutto il piagnucolio dei bambini. Hania sorprese una conversazione, lunga e serrata, tra la femmina del morituro e sua madre, e si rese conto che non sarebbero partite fino a che l'uomo fosse stato malato, anzi, nel caso molto probabile di una sua dipartita, lei rischiava di restare lì per giorni, forse per settimane. In più la legna era poca e quando veniva notte si crepava dal freddo.

Hania scattò dalla panca su cui era accucciata. Che lei restasse lì, era fuori questione. Dell'uomo che stava agonizzando non le importava un accidenti, del piagnucolio dei suoi bambini meno che mai, ma voleva andarsene e lo avrebbe rimesso in piedi.

Tornò a dargli una rapida occhiata. Sua moglie lo aveva descritto correttamente: la temperatura del suo corpo era molto alta, aveva una dilatazione della pupilla, blocco di sudorazione e salivazione, congestione del volto e del collo ed era in preda alle allucinazioni. Suo Padre non c'entrava nulla e nessun incantesimo era stato fatto. Il povero idiota doveva aver mangiato delle bacche di belladonna, forse le aveva scambiate per dei mirtilli.

Hania corse fuori. Era già quasi buio, ma per lei non era un problema: il buio la accoglieva come una tana. I suoi occhi giocavano con le ombre. Si levò i calzari e camminò a lungo nel cortile e nel prato, con i piedi nudi sull'erba fresca, e finalmente tra il pollaio e l'ovile trovò quello che stava cercando, lo sentì sotto di lei. Si fermò a scavare: la radice di mandragora era lì che l'aspettava. Hania la disseppellì e nel buio i suoi occhi la guardarono e le sue mani la carezzarono: la radice aveva testa, gambe e braccia, una forma perfetta. Era del tipo spurio, l'antidoto assoluto, quella che solo le vere streghe potevano individuare perché era completamente sotterranea, nessun ciuffo verde ne segnalava la presenza. Alla luce della luna raccolse anche qualche foglia di pilocarpina, qualche foglia di tarassaco e di hamamelis. Anche qualche petalo di myosotis sarebbe stato utile, ma non era stagione e bisognava accontentarsi. Hania sbucciò la mandragora con i denti aguzzi, poi sempre con i denti la fece in pezzetti minuscoli, meno la testa che conservò nella tasca della veste che Haxen le aveva confezionato, insieme a un pugno di fiori di arnica trovati lungo il sentiero, che erano una cosa che poteva sempre far comodo. Troppa mandragora e troppa arnica potevano uccidere: bisognava rispettare le proporzioni e gli equilibri nelle pozioni, come per qualsiasi altra cosa. Usò i denti non solo perché erano un bel sistema, ma perché la sua saliva era uno degli ingredienti necessari.

Hania tornò nella casa e buttò il tutto nel calderone di brodo di pollo che bolliva sul fuoco e aspettò. Non appena la donna venne a prenderne una ciotola e ne versò qualche goccia nella bocca secca del malato, lui si riprese immediatamente. Capì che il liquido che scendeva dentro il suo corpo malato lo stava salvando e ne chiese ancora, fino a finirlo.

La casa risorse, i bambini smisero di frignare, la contadina cominciò a cianciare idiozie sulle illimitate virtù terapeutiche del brodo di pollo e la bontà del Cielo. La madre aggiunse che la vita era bella e la natura intelligente e tutti furono felici, il che fu una buona cosa perché la gente felice tirava fuori le salsicce dalle dispense e si metteva a fare il soffritto di cipolle per cuocerle.

Non solo si mangiò bene, ma fu presa la decisione che di lì a qualche giorno sarebbero partiti per il sud.

Hania passò la notte accucciata sulla sua panca a ripensare a tutta la faccenda. Si sentiva, ecco, in un certo senso, contenta. Sarebbe partita, certo, sarebbe andata a sud e lì, in quegli infiniti deserti, prima o poi, avrebbe incontrato suo Padre. Lo aveva fatto per quello.

Ma c'era qualcosa in tutto l'episodio che la lasciava stordita, perplessa. Dell'uomo non le importava niente, aveva solo fatto quello che era meglio per lei, certo, eppure c'era in tutto quello strazio che si era risolto, nei pianti che si erano trasformati in risa, le salsicce che erano comparse, un certo oscuro potere. In un certo senso era stata il Cavaliere di Luce: anche lui curava le persone. Era senza alcun dubbio un potere, e il potere era divertente.

IN VIAGGIO

Partirono dopo qualche giorno. Il carro era stato riempito con quattro botti di birra. Lo tirava un cavallo grosso, coperto di lungo pelo marrone, con le zampe bianche.

La madre era seduta davanti, insieme al carrettiere. Hania se ne stava indietro, tra le botti. Il mondo era tranquillo, Hania se ne stava rincantucciata dentro il mantello come in una tana a guardare il cielo azzurro e il mondo. Era molto meglio stare sdraiata su un carro a guardare le nuvole, che camminare. Hania era sempre più contenta di aver guarito l'uomo. In effetti, in un mondo di gente sana e felice si viveva meglio, in maniera più comoda, più piacevole. La gente contenta cucinava meglio e offriva più cose da mangiare. Aveva ancora la pancia piena per la pancetta fritta del mattino: una delizia. In effetti, si ripromise di ricordarsi di fare stare meglio quelli con cui viveva, quando non le costava nulla, proprio se non aveva attività più interessanti, perché era probabile che poi sarebbe stata meglio anche lei.

L'uomo che le seguiva da sempre continuava a stargli dietro. Comparve per un istante e poi sparì di nuovo. Come sempre sua madre non lo vide.

Incontrarono una mendicante che chiedeva l'elemosina tenendo in braccio un bimbo di qualche mese. Il piccolo aveva gli occhi chiusi da pesanti croste, le ciglia incollate da pus giallastro, le palpebre arrossate e gonfie. Il bimbo si lamentava di un lamento flebile.

«La carità, vi prego signori, la carità, il mio bambino è malato, sta diventando cieco» disse. «Vi prego nobili signori» ripeté soprattutto rivolta alla madre. Aveva intuito, non era difficile da capire, che lei era quella che avrebbe ceduto subito, con entusiasmo, senza discutere. Il "nobili signori" non c'entrava molto: Haxen era vestita da maschio e con le vesti ormai talmente sudicie che sembrava un contadino, il carrettiere era vestito appunto da carrettiere. Quel titolo così ampolloso aumentò la pena di tutta la scena. «Il mio bambino è cieco. Vi prego signori, vi supplico» ripeté con voce angosciata. «Vi prego in nome del Cielo, questa bambina ha gli occhi così belli, siate buoni con il mio».

«Vattene» disse il carrettiere con la voce piena di rabbia. Fece anche schioccare la frusta, non sulla donna certo, in aria, ma anche così da spaventarla. La donna fece un balzo indietro, rischiando di perdere l'equilibrio e cadere, con il suo bambino stretto al collo. «Vattene via dalla mia strada e non osare mai più incrociarla».

«Signore!» esclamò la madre inorridita. Aveva già cominciato ad aprire la sua borsa, per prendere qualche ricchezza per la donna. Era scandalizzata. «Era una povera donna e il suo bambino…»

Non fece in tempo a finire.

«Il suo bambino è nato sano, con gli occhi sani» la interruppe il carrettiere. «È lei che li rende così. Li infiamma con una mistura infernale, senape, peperoncino e ortica. Per ora sono solo ammalati, potrebbero ancora guarire. Tra non molto il bambino diventerà cieco, veramente e per sempre, così lei potrà avere un bambino cieco per chiedere l'elemosina: si guadagna di più. Via dalla mia strada. E ce ne sono altre di madri che non meritano questo nome. C'è un bambino che si trascina su una specie di carretto con quattro ruote sotto. Sua madre gli ha spaccato le ossa con un grosso cuneo e quando hanno cominciato a guarire, gliele ha spaccate di nuovo, e poi ancora di nuovo. Ora sono deformi, rattrappite. Uno storpio, per tutta la vita. A volte porta a casa fino a dieci soldi di elemosina, a volte un pane intero. Non è detto che tutte le madri sono buone: l'Oscuro Signore è in grado di utilizzare qualsiasi mente, può tarare qualsiasi anima e perderla se non si fa attenzione, soprattutto ora che sono tempi bui».

La madre lasciò cadere la moneta che aveva in mano e chiuse la sua borsa. Poi si prese la testa tra le mani.

Persino Hania era rimasta confusa. Una volta tanto, il suo pensiero non sapeva da che parte stare e saltellava.

Fece uno sforzo, ce la mise tutta, per trovare divertente tutta la storia, quel mettere nel sacco i caritatevoli soccorritori, una specie di burla. Non ci riuscì. Qualsiasi cosa riguardasse il fare del male ai bambini faceva risuonare qualcosa dentro di lei. Il raccapriccio era troppo forte. Una madre che storpia il suo stesso figlio era talmente enorme che il suo cuore di bambina insorse, il suo cuore di bambina si ribellò, un cuore che anche lei aveva, sepolto sotto una mente fatta di astio e sarcasmo.

Il suo pensiero fece la scelta: quella cosa lì era talmente tremenda che persino lei ne sentì l'orrore. Il dolore dei bambini accecati e storpiati dalle loro stesse madri era talmente grande, che persino lei lo sentì e ne provò indignazione.

Il Cavaliere di Luce non lo avrebbe permesso.

In quel momento non si rese conto che quel pensiero, che le sembrò innocuo, era invece una specie di grossa crepa nel muro di oscurità che suo padre le aveva messo dentro, un muro che cominciava a sgretolarsi.

⁂

Il carrettiere le accompagnò fino ai confini meridionali, alla città di Baar, città bellissima, forse la più ricca del piccolo regno. Sua madre gli mise in mano una moneta, ovviamente senza contrattare.

La facilità con cui sua madre sbatteva via il denaro che avrebbe dovuto proteggere lei e soprattutto Hania dalla fame, era sconvolgente. Fortunatamente il carrettiere rifiutò.

«È stato un piacere» le disse «aiutare te e la tua sorellina. L'ombra della morte aleggiava sulla mia casa e al vostro arrivo si è dileguata. Mi avete portato fortuna e io vi benedico. Il vostro peso non ha aumentato di molto la fatica del cavallo e non ha rallentato il mio viaggio. È ora che la cortesia rinasca tra gli uomini, ora più che mai, proprio perché sono tempi difficili. Ormai corre voce che l'Oscuro Signore abbia commesso uno dei suoi atroci miracoli e abbia fatto nascere un bambino suo, qui, nella terra degli Uomini, nel regno delle Sette Cime».

«Che cosa?» chiese la madre, con la voce strozzata.

«Ricordate quella notte terribile in cui delle meteore rossastre hanno riempito il cielo? Le avevo guardate: un dolore assoluto mi aveva riempito, una disperazione dell'anima, ma anche un malore del corpo. Avevo capito, era impossibile non capirlo, che se avessi continuato a guardare il cielo ne sarei morto. Ma i maghi veggenti di questo paese lo hanno fatto. Hanno guardato il cielo per tutta la notte. Ne sono morti. Dicono che così sia morto il vecchio re Mago. Così sicuramente è morto l'eremita che viveva nei deserti del sud, la vecchia fattucchiera di Baar, un pastore stregone delle terre del Nord. In cambio della loro vita hanno avuto la conoscenza che un bambino sarebbe nato, figlio dell'Oscuro Signore, con il segno di una delle meteore sul polso sinistro. Un bambino che adesso dovrebbe avere un anno. Non so se tutto questo sia vero o se siano chiacchiere, ma queste sono le voci. La gente ci crede: per la strada si vedono energumeni che si buttano addosso ai bambini dell'età giusta a tirare su le maniche e guardare i polsi. Per fortuna tua sorella è troppo grande».

La madre ringraziò, e poi corse via. Hania le trotterellò dietro.

ᘐᘐ

La città di Baar si alzava sui canali. Era nata su una miriade di piccole isole che interrompevano una palude di alta montagna. Acqua e terra, terra e acqua si alternavano rigogliose. Per occupare il minor quantitativo possibile della poca preziosissima terra, le case erano molto alte. Erano in legno, dipinte di azzurro e verde, con le inferriate dipinte di giallo, in tutta la città, senza eccezioni. Erano ricoperte di rampicanti, collegate da leggeri ponti di legno intarsiato. E la poca terra disponibile era interamente occupata da lavanda, rosmarino e alberi di limoni. Era una città azzurra, verde e gialla, piena di profumi e di voci. Sull'acqua dei canali nuotavano miriadi di oche, galleggiavano le ninfee e piccole barche venute dalla campagna, piene di cavoli, verze, cipolle e uova da vendere ai cittadini. Hania aveva gli occhi pieni di colore. L'acqua raddoppiava il bianco delle oche, la città e la luce. Ovunque volavano gabbiani e aironi.

Al centro della città di canali, c'era una piccola piazza fatta di granito bianco e lì una bambina danzava con un orso, al suono di un tamburello, un flauto, un mandolino. L'orso era trattenuto da una catena, che gli avrebbe impedito di scappare o di andare a massacrare qualcuno del pubblico, ma la bambina gli stava di fianco, comodamente a portata delle sue zampe, della sua mole e dei suoi artigli. Per terra era posato un berretto di feltro giallo con dei sonagli rossi e lì dentro la gente, spontaneamente e senza contrattare, buttava qualche moneta.

Hania era affascinata, stordita da quello spettacolo incredibile, straordinario. Verificò la mente dell'orso: non c'era alcun controllo da parte della bambina. La piccola danzatrice rischiava a ogni istante la sua vita sulla fiducia, piroettando di fianco a una belva che poteva distruggerla con un'unica zampata.

In quel posto pieno di luce, in quell'istante pieno di grazia, Hania scoprì la musica.

Nel villaggio di pescatori esisteva un piffero, e un paio di canzoni che, alle volte, qualcuno cantava, ma lei era stata sempre con sua madre rinchiusa nella sua capanna. La musica era diversa se eri proprio dove la stavano suonando, e dove altri stavano ascoltando. Ad accompagnare la danza della bambina c'erano ben tre strumenti, tamburello, mandolino e flauto e il risultato era meraviglioso.

La bambina danzava con l'orso in una piazza sospesa nella luce. I suoi movimenti e la musica erano una cosa sola, era qualcosa che entrava dentro. Erano come la narrazione del Cavaliere di Luce: qualcosa che era fuori dalla testa e che poi entrava dentro la testa cambiando quello che c'era dentro la testa. Forse c'era una maniera migliore di dirlo, ma così rendeva l'idea. Persino nel suo sterminato oceano di conoscenze, Hania non riuscì a trovare una maniera migliore per dirlo, e di nuovo le venne il sospetto che il suo sterminato oceano di conoscenze mancasse di qualche cosa.

La danza della bambina con l'orso era insieme grazia e forza. La danza era basata sulla sfida, sulla fiducia, sull'amore, quindi, che c'era tra i due. La bambina danzava con una belva senza controllarne la mente: era grazia, era forza, era coraggio. Le tre cose insieme ricordavano vagamente sua madre. Il pensiero era bizzarro, ma in qualche maniera aveva un senso. L'orso rinunciava alla sua forza per danzare con la bambina. Grazia, forza, coraggio e poi c'era la musica. Hania sentiva la vibrazione del tamburello: passava attraverso l'aria, passava attraverso la terra.

Desiderò anche lei muoversi al suo suono. Tutti i bambini presenti, stando a debita distanza dall'orso, si erano messi a ballare. Hania dovette fare uno sforzo per non farlo anche lei e mentre faceva lo sforzo di trattenersi, si chiese perché lo stesse facendo. Era come se una parte di lei le comandasse di essere sempre triste e imbronciata, immobile con le mani conserte dietro la schiena e un'altra invece volesse ballare.

La musica: il tamburello, il mandolino, il flauto.

Il flauto affascinò Hania. Il tamburello si poteva anche sostituire, bastava un oggetto qualsiasi da poter battere per terra, bastava battere le mani. Il mandolino era troppo grosso e pesante. Il flauto poteva essere trasportato anche da un bambino, poteva essere nascosto, sotto le vesti o in una bisaccia. Il flauto aveva potenza, armonia. Hania giurò a se stessa che prima di quella sera avrebbe avuto il flauto.

∾

Finita la danza della bambina molti buttarono una monetina nel cappello, una cosa che Hania trovò giusta, e la affascinò che non ci fosse contrattazione. La bambina e l'orso danzavano nella fiducia che qualcuno avrebbe dato qualcosa e le persone davano qualcosa per il piacere di averli guardati.

Gli strumenti musicali furono posati su uno sgabello che si intravedeva all'interno di una tenda, una grossa tenda fatta di stoffa bruna, di quelle che potevano ospitare il sonno e la quotidianità.

Hania si avviò giudiziosamente dietro sua madre, poi, non appena furono abbastanza lontane, lei si girò e sgattaiolò indietro verso la piazza.

Hania cercò la mente dell'orso e dette il comando. Il bestione si mise a danzare da solo, senza la musica e senza la bambina. Era goffo, non c'era la grazia, ma funzionò: la gente si distrasse a sufficienza perché lei potesse intrufolarsi nella tenda.

Aveva già lo strumento in mano, quando si accorse della presenza di qualcuno.

Era un uomo grosso, tarchiato, con il cranio calvo, lucido e i peli che gli uscivano dal naso.

«Ehi, mocciosa, come pensavi di farla franca?» chiese l'uomo, mettendosi davanti alla porta. Aveva un grosso bastone nodoso e lo alzò sulla bambina.

Era una buona domanda. Come pensava di farla franca? Certo, ora le veniva in mente. Era più intelligente, più veloce e l'idiota non calcolava che da una tenda si può uscire dappertutto: basta buttarsi per terra e rotolare passando sotto al tessuto. Intendeva farla franca uscendo da dietro e andando a un'andatura superiore a quella dell'uomo.

Hania scappò veloce e felice con il flauto tra le mani, inseguita dalle urla dell'uomo che poi si persero tra la folla. Ritrovò sua madre dove l'aveva lasciata, nella strada a chiedere a tutti se avevano visto la bimba vestita di color indaco. La descrisse come una bimba di tre anni e Hania fu estremamente contenta: fino a poco prima ne dimostrava due.

Hania le mostrò trionfante il flauto. Non è proprio che glielo mostrò: si limitò a non nasconderlo, e il fatto che fosse trionfante era comunque celato dietro la sua eterna espressione un po' imbronciata.

«Hai rubato» disse la madre.

Hania gongolò. Certo. Aveva rubato. Solo con la sua intelligenza, il suo coraggio, la sua velocità si era procurata quello straordinario oggetto che produceva gioia, anche se non era da mangiare.

«Non si ruba» disse la madre, severa. «Mai».

Non si ruba? Come sarebbe a dire non si ruba? E perché una regola così insensata? E poi "non si ruba" tra le regole del Codice della Cavalleria non c'era e non è che le regole si possano cambiare o inventare una volta al giorno tutti i giorni a seconda di come vanno le cose e di come uno si era svegliato al mattino. Era stata una contesa più che leale. Anzi. Lei era una bambina, lei era l'anatroccolo, e quell'altro aveva dalla sua parte le gambe più lunghe e il bastone. Audacia, rischio e spirito di iniziativa erano state le armi con cui Hania aveva procurato un oggetto bellissimo che poteva dare musica, e la musica era la cosa più bella che ci fosse al mondo, insieme al topo crudo e alla salsiccia.

«Dobbiamo restituirlo» affermò la madre.

Hania sussultò. Restituirlo? Così l'avrebbero fatta a pezzi.

«Oppure possiamo pagarglielo».

Buona idea. Ci andasse la madre a restituirlo o a pagarlo, mentre Hania poteva restarsene a capire come si suonava. Dopo che la madre sarebbe stata impiccata come ladra, Hania sarebbe rimasta da sola e, certo, meglio sola che in compagnia di un'imbecille.

«Andiamo, sei una bambina, non può succederti niente di male e anche questo c'è, nelle regole del Codice della Cavalleria» garantì Haxen levandole il flauto dalle mani.

SORCI, SCRICCIOLI, PASSERI
E ALTRE BESTIOLE

Haxen era rimasta commossa dalla felicità con cui Hania aveva seguito la musica. Per qualche istante aveva smesso di essere l'istrice. Era quasi sembrata una bambina.

Anche il furto del flauto le aveva dato pochissima preoccupazione e invece quasi un istante di gioia. Che si desse al furto una bambina che si dilettava a godere della morte di sorci e lucertole prima di mangiarli, era francamente il meno. Oltretutto nei racconti del Cavaliere di Luce e nelle Regole del Cavaliere si era dimenticata di inserire il furto, parendole, stupidamente, ovvio.

Il fatto che Hania avesse desiderato il flauto, lo avesse voluto, se lo fosse procurato era al contrario un segno di umanità, un punto a suo favore.

La gioia era la strada per vincere la sua partita, la felicità che nasce dalla musica, dalla danza, dall'amicizia tra una bambina e un orso.

Il flauto però andava restituito: lei era e restava Haxen delle Sette Cime e il suo compito, sempre, anche senza più il suo nome e il suo rango, era essere la custode della legge.

Haxen ritrovò la piazzetta dove l'orso aveva danzato e la tenda in cui, anche lei lo aveva visto, un uomo aveva riposto gli strumenti su uno sgabello. L'uomo era ancora lì. Anche lo sgabello. Haxen posò il flauto di fianco al tamburello e al mandolino.

«Perdonate signore, il mio fratellino è un po' intemperante» disse Haxen.

« Fratellino? Ma non è una bambina?» obbiettò l'altro.

Sì, certo, Hania era una bambina che sembrava una bambina. Era lei che era travestita da maschio. Nell'assoluto imbarazzo di tutta la situazione si era sbagliata. Era come se una parte della sua mente, indignata dal fatto che lei stesse mentendo, la facesse mentire su tutto per farla scoprire.

«Perdonate, a volte mi sbaglio con le parole. Siamo ancora talmente sconvolti per la morte di febbre dei nostri genitori» colpo di tosse, e poi secondo colpo di tosse. «Stiamo andando a sud a raggiungere i parenti». Colpo di tosse e singhiozzo. La parte della sua mente cui era stato insegnato che non si mente mai, ma proprio mai, era indignata e dolente, ma la sua vita era andata così e ora nella terribile partita che stava giocando tutte le armi erano lecite, meno la crudeltà. «Ecco, vedete io avevo un flauto e l'ho lasciato e il mio fra... la mia sorellina, volevo dire, ha pensato di prenderne uno. È stato il gesto avventato di una bambina, vi prego, perdonatela e accettate le mie scuse» disse Haxen.

«I bambini vanno puniti» ringhiò l'uomo.

Solo allora lei si accorse che aveva un bastone. Istintivamente sfiorò l'elsa della sua spada, ma poi ritrasse la mano. Non doveva aggiungere disastro al disastro, doveva uscirne con cortesia. Insegnare a Hania a rinunciare al furto e contemporaneamente darle il flauto, una possibilità di letizia lecita, di felicità pulita.

«La vita ha già punito abbastanza mia sorella, comunque ci penserò io. Vogliate accettare le mie scuse» rispose asciutta Haxen. L'altro si irritò.

«C'è un sistema per i ladri» rincarò l'altro, mostrando il bastone. «Per te e per tuo fratello».

Ma sua figlia il flauto doveva rubarlo all'individuo più odioso della città?

Haxen pensò che doveva assolutamente impedire all'idiota un qualsiasi gesto e contemporaneamente salvare il concetto di onestà, nella vaga speranza che sua figlia lo recepisse, o che, perlomeno, ne intuisse l'esistenza come concetto possibile.

«Vi offro una moneta d'oro per il flauto» disse. Era una follia. Aveva solo tre pezzi d'oro nella sua borsa, né pezzi di argento, né pezzi di rame.

«È un prezzo assolutamente al di sopra del suo valore, che vi compenserà del disagio che vi abbiamo arrecato. Inoltre servirà anche a pagare il bellissimo spettacolo della bambina che danza con l'orso. Non ho dato nulla perché non avevo né argento, né rame e ora posso riparare anche a quel piccolo torto, aver goduto dello spettacolo senza averlo pagato. Per quanto riguarda mia sorella non è il caso che vi disturbiate. Penso io alla sua educazione, come ci hanno pensato i miei genitori prima di me».

Haxen tirò fuori il pezzo d'oro e lo posò sullo sgabello. Prese il flauto, aspettò ancora qualche istante, poi comprese dal silenzio dell'altro che, come era ovvio, accettava, ma che, come anche era ovvio, non voleva dirlo ad alta voce.

Prese sua figlia per mano, anche se aveva capito che non doveva mai toccarla, e fortunatamente la bambina non fiatò. Appena furono fuori vista la lasciò e le consegnò il flauto. Per un istante la chiusa espressione dell'istrice si aprì. I suoi occhi quasi si illuminarono.

∞

Haxen, sempre con la bimba al seguito, si mise in cerca di una locanda: sicuramente a Baar ce ne era una. Lì avrebbero potuto alloggiare e chiedere se c'erano carri che andavano verso sud, nella loro stessa direzione.

La locanda era circondata da lavanda e alberi di limoni, con un bel tetto di paglia e pareti candide: si chiamava "All'oca grassa". L'oca grassa era rappresentata sull'insegna e l'immagine era straordinariamente somigliante alla padrona.

La locanda poteva alloggiarle e l'ostessa indicò anche, seduto a uno dei tavoli, un carrettiere che stava per partire per il sud. Contrariamente all'altro, che era stato di una gentilezza e di una generosità squisite, questo pretese un intero pezzo d'oro per il viaggio. Haxen tentò di contrattare, ma l'imbarazzo la travolse e rinunciò. Accettò il prezzo. Inoltre il carrettiere sarebbe partito solo da lì a sette giorni, e un pezzo d'oro era il costo perché restassero alla locanda durante tutta l'attesa. Avrebbero potuto spendere di meno dormendo nella stanza comune, ma Haxen doveva evitare qualsiasi intimità se voleva che tutti continuassero e scambiarla per un maschio, così non aveva scelta.

«Baar è una città dove si paga tutto e lo si paga parecchio» spiegò serenamente l'ostessa.

Haxen annuì. Non potevano dormire sotto i ponti, e non potevano superare le montagne a piedi, da sole. Sarebbe rimasta senza denaro, ma era una donna, anzi era un ragazzo forte: avrebbe potuto lavorare.

Tutto sommato quelli che non erano figli di re o di nobili, lo facevano normalmente, di guadagnarsi la vita lavorando: lo avrebbe fatto anche lei. Lo avrebbe fatto, certo.

Fece un rapido inventario di quello che sapeva fare. Cucire e ricamare: in quello era piuttosto brava. Di tanto in tanto dava un'occhiata alle vesti che aveva tagliato e cucito a sua figlia con una certa soddisfazione. Però doveva salvare il suo travestimento: tagliare, cucire e ricamare erano lavori squisitamente donneschi. Un discorso diverso invece per il pane, le torte e l'arrosto di cinghiale. Durante le giornate di pioggia alla reggia spesso era finita nelle cucine. Erano calde e accoglienti, sempre piene di colori, odori e qualcosa di molto buono da mangiare. Le cuoche le avevano insegnato la loro arte, semplicemente perché era bello, perché era un piacere, perché era una forma di amore per la vita.

«Chi sa fare una buona torta» dicevano le cuoche «anche se è una regina, è comunque una persona che può dare consolazione, oppure che può dare gioia. Le torte possono consolare la tristezza. Quando muore qualcuno, anche se sei una regina porta una torta fatta con le tue mani a coloro che lo amavano e ne saranno confortati. Quando qualcuno è felice e festeggia la nascita del suo bambino o lo sposalizio, se porti una torta fatta con le tue mani saprà che il tuo cuore gioisce con lui. Anche se sei una principessa, la torta quindi devi saperla fare e che sia buona».

La balia ne era stata un po' scandalizzata, ma la regina aveva lasciato fare.

Haxen sapeva mettere su un arrosto e anche fabbricare la salsiccia, ma il pezzo forte della sua scienza era l'arte bianca: il pane e le torte. E quello era un lavoro non necessariamente femminile, quindi si poteva considerare una scelta possibile.

Un'altra cosa che sapeva fare era usare la spada, ma in quel momento non ve n'era bisogno, ed era anche capace di usare un'ascia. L'uso dell'ascia faceva parte sia della pratica del taglialegna che dell'addestramento militare, e non era né facile né ovvio. Ci volevano forza e precisione per dare un secondo colpo esattamente dove si era dato il primo. Sapeva spaccare la legna e poteva spostare le cose: sacchi, gerle, tavole, panche.

Girò a lungo tra le memorie della sua vita per ricordare cosa altro sapesse fare per guadagnarsi da vivere. Avevano un frutteto alla reggia: sapeva anche raccogliere la frutta. Sapeva lavare i piatti: lo aveva imparato per gioco, ed era abbastanza intelligente da capire che quando si faceva per ore, dopo aver dovuto prendere l'acqua e dopo averla dovuta riscaldare, non doveva essere così divertente come lo era stato con la cuoca del suo castello, ma comunque era una cosa che sapeva fare.

«Credete sia facile trovare qualche lavoro qui, così da guadagnare qualcosa?» chiese Haxen all'ostessa.

«Il lavoro lo troverai sicuramente figliolo» rispose serenamente la donna. «Sul guadagnare non ci metterei la mano sul fuoco» fu la bizzarra conclusione.

Haxen chiese ancora se avevano bisogno di aiuto lì alla locanda, ma l'ostessa rispose che aveva gente a sufficienza, ma che aveva sentito dire che il legnaiolo dall'altra parte della città necessitava di qualcuno che desse una mano.

La mattina dopo, Haxen uscì con la sua bambina a cercare un lavoro, un onesto lavoro. Il legnaiolo la assunse.

Il lavoro fu terribile. Doveva accatastare grossi legni. Si trattava ovviamente di quercia nera, il prezioso albero del Regno delle Sette Cime. La quercia nera era bellissima, i suoi splendidi boschi ammantavano in regno, il suo legno lo arricchiva: resisteva a tutto, all'acqua, persino al fuoco se non si insisteva troppo, era particolarmente pesante, molto più del legno di qualsiasi altro albero.

Haxen era una donna forte, ma comunque meno forte di un uomo, e non era abbastanza allenata. Dopo poche ore cominciarono a dolerle le spalle e le braccia, ma strinse i denti e continuò.

Seduta al sole su una catasta di legna la sua bambina con il sole sui capelli color oro scuro imparava la musicalità del flauto, con una notevole volontà e dei discreti risultati. Discreti, ma non straordinari. La bambina sembrava una bambina normale, molto dotata, certo, ma non c'era nelle piccole melodie che improvvisava nulla di soprannaturale o inquietante.

Quando finalmente venne il tramonto, Haxen con le mani scorticate e piene di vesciche andò a chiedere il pagamento, pagamento che non aveva concordato in anticipo. Si fidava dell'onestà della gente e odiava contrattare. In più non aveva idea di quanto valesse il lavoro e aveva preferito non rischiare una conversazione sull'argomento. Comunque loro erano il Regno delle Sette Cime: l'onestà e la lealtà erano la tradizione e la legge, la norma e la memoria.

Anche se non sapeva quanto avrebbe ricevuto, era però certa sarebbe stato più di niente.

«Davvero, hai lavorato? Hai lavorato tanto?» la derise il legnaiolo. «E puoi dimostrarlo, ragazzo?»

«Ho le spalle e le braccia che mi fanno male» balbettò Haxen. Era la risposta più idiota, più lagnosa, più timida e pavida che potesse venirle in mente.

«Oh poverino, deve essere terribile, così diventerai più forte» la schernì ancora l'altro.

Haxen non si mise a discutere. Lei conosceva la legge: era stato uno dei suoi doveri di principessa studiare i grossi codici che permettevano al regno di restare nella giustizia.

Andò a cercare lo sceriffo, sempre con Hania al seguito. L'espressione della bambina all'abituale broncio aveva aggiunto una sfumatura di sarcasmo. Lo sceriffo non fu difficile da trovare. Ogni città doveva averne uno e di norma stava nella piazza centrale, quindi quella dove l'orso aveva danzato. Lo sceriffo era un uomo grosso, fornito di spada, alabarda e una giubba di piastre di cuoio bollito che si alternavano a piastre di ferro che potevano avere la funzione di una corazza, meno protettiva, ma anche più comoda e meno pesante di una cotta di maglia. Aveva grandi baffi rossicci e l'aspetto di un uomo bonario.

Lo sceriffo venne fino al cortile del legnaiolo, che lo salutò con molta cordialità e amicizia, grandi abbracci, ricordi di passate bevute, auguri di bevute future, rievocazioni di momenti di commosso affetto. La sfumatura di sarcasmo sulla faccia di Hania si accentuò, Haxen cominciò a pensare che forse avere buoni codici e ottime leggi era una condizione necessaria ma non sufficiente alla giustizia di un popolo.

«C'era un qualche testimone quando avete contrattato?» chiese benevolo lo sceriffo.

«Non abbiamo contrattato» confessò Haxen. «C'era nel nostro rapporto una presunzione di compenso, una fiducia reciproca data dalla comune fede nella legge e nell'autorità legale di questo regno, come è prescritto nelle nostre leggi di contratto civile alla voce sui contratti orali» aggiunse con un tono più secco.

Stava smettendo di essere una ragazzina spaventata dal trovarsi a leghe da casa, con l'orrore che il suo travestimento venisse scoperto e stava ridiventando la figlia di suo padre.

«Molto colto» commentò lo sceriffo sempre più benevolo. «Ma quanto hai studiato! Bene il legnaiolo avrebbe potuto presumere che tu lavorassi per il piacere di farlo. Quindi non credo che ti debba nulla. Tra l'altro, hai testimoni del fatto che hai lavorato?»

«Certo, c'è la mia sorellina» rispose Haxen.

«La bambina col flauto, certo, che carina» risero i due insieme. Un riso duro quello del legnaiolo, estremamente benevolo quello dello sceriffo. L'uomo e i suoi baffi erano un gioiello di benevolenza, grondavano benevolenza come un albero in autunno gronda mele.

«Tra l'altro» aggiunse soave lo sceriffo. «Questa non è la bambina che ha rubato un flauto? Una piccola ladra! Il testimone ideale».

«Il flauto è stato lautamente pagato» il tono di Haxen era di nuovo duro. «Proprio per averlo acquistato ora ho bisogno di guadagnare e io non credo che la regina di questo regno approverà la vostra maniera di amministrare la giustizia quando ne sarà informata».

La sua idea era che, una volta nominata la regina,

il senso dell'onore e della legge sarebbe zampillato dal suolo come una fontanella di acqua pulita. Fu un errore.

Lo sceriffo smise la benevolenza e divenne platealmente sgradevole.

«Il re qui sono io» le disse. «Io sono la legge, io sono il comando. Tu non ci provare nemmeno becero moccioso con quella piccola ladruncola che ti porti appresso». Lo sceriffo si interruppe. Il suo sguardo fu attirato altrove, in alto, oltre la testa di Haxen. «Ma quei tronchi si stanno muovendo?» chiese allibito.

Haxen si girò a guardare. Per qualche istante ebbe anche lei l'impressione che i tronchi si muovessero da soli, poi finalmente riuscì a capire.

Sembrava che tutti i topi della regione si fossero dati convegno e si fossero giurati eterna fedeltà nel compito di spingere i pesanti scuri pezzi di quercia nera verso lo sceriffo e il legnaiolo. Baar era una città di canali, di sorci lì ce ne erano parecchi. Un enorme fiume di ratti si era abbattuto sui tronchi in cima alle cataste e, incredibilmente, invece di fare quello che normalmente fanno i sorci, mangiare, nascondersi, occuparsi degli affari loro, spingevano tutti insieme. I tronchi più in alto cominciarono a rotolare, tutti i tronchi delle cataste uno dopo l'altro persero l'equilibrio e ruzzolarono insieme ai ratti nel cortile.

Haxen e Hania, più pronte, corsero via, lo sceriffo e il legnaiolo paralizzati dalla sorpresa furono travolti in pieno. Miriadi di legni caddero nei canali, e si dispersero tra le ridenti isole della città, dove ebbero la sorte di qualsiasi cosa sia nell'acqua: appartenere a chi la trova e la raccoglie. Il legnaiolo e lo sceriffo non ebbero tempo di preoccuparsene. Sopravvissuti ai tronchi, furono travolti da un fiume in piena di grossi ratti nerastri, in preda al terrore e al furore, una specie di folto, alto ripugnante tappeto bruno fatto di minuscoli artigli e zanne non tanto piccole e infinitamente numerose, che li misero in una fuga francamente inelegante che strideva con il linguaggio tronfio di poco prima.

Haxen si allontanò seguita dalla sua bambina.

«L'onore del cavaliere prescrive che la giustizia venga ristabilita mediante la spada e la legge, secondo le regole d'onore» recitò ad alta voce. «Ma possono essere previste eccezioni» concesse.

∞

Per due giorni lavorare non fu neanche pensabile. Il dolore che Haxen aveva alle braccia e alle spalle le rendeva penoso persino respirare. Haxen se ne stette tranquilla, seduta in un boschetto di alberi di limone che si specchiava nell'acqua dei canali.

Hania seduta di fianco a lei suonava il flauto. Haxen raccontava del Cavaliere di Luce e qualche volta inserì anche delle canzoni, e queste alla bambina piacquero moltissimo. Non ninnenanne, certo, aveva capito che sua figlia le odiava. Hania aveva dei gusti bizzarri e soprattutto molto forti. Quello che non le piaceva non si limitava a non piacerle. Doveva causarle una qualche forma di fastidio e di dolore, ed erano proprio le cose tipiche dei neonati: latte, ninnenanne, tenere in braccio, pappa. Una bambina disperata che era un dolore e un fastidio accudire. Non era difficile capire che l'Oscuro Signore doveva averle messo dentro quel meccanismo proprio perché lei, sua madre, la odiasse e fosse spinta a ucciderlala. Non nutrire un bambino, abbandonarlo è sufficiente a ucciderlo, e non è un assassinio meno grave. Il piano dell'Oscuro Signore era l'assassinio di Hania, così che fosse perso l'onore del mondo, così che l'anima dell'umanità fosse dannata.

C'era un racconto in cui il Cavaliere di Luce doveva giocare a scacchi con l'Oscuro Signore, e lei si rese conto che era quello che stava facendo lei. Non era un duello, ma una partita a scacchi. Doveva comprendere il motivo per cui ogni cosa strana che trovava dentro la bambina fosse stata voluta, esattamente come un buon giocatore di scacchi si chiede il motivo per cui l'avversario ha fatto una mossa, spostato il pedone invece del cavallo.

«Ehi tu» la padrona della locanda apostrofò Haxen. «Sai impastare e fare torte, vero?»

«Sì» rispose Haxen. «Mio padre era mugnaio». Tanto a quel punto, menzogna più, menzogna meno. Peraltro una che girava conciata da maschio era già di suo una menzogna. La regola dell'onore cavalleresco che vietava la menzogna avrebbe dovuto essere trasformata nel più sensato consiglio di usarla solo quando non ci fossero state alternative.

«Ah, davvero? Molto bene, c'è il mugnaio che cerca aiuto. È facile da trovare: chiedi la via» spiegò la padrona.

Il mugnaio abitava in una costruzione bianca sull'isola più piccola della città. La casa includeva due grossi camini e un mulino le cui pale si specchiavano nell'acqua del canale insieme a un glicine, ed era circondata da ulivi e limoni, tra le cui radici zampettavano piccole gallinelle bianche. L'isoletta era collegata alle altre da uno stretto ponte fatto da un'unica passerella che il mugnaio metteva e levava, così da isolarsi per tutto il resto del tempo.

Per tutta la notte Haxen impastò e sfornò pane e torte, mentre Hania se ne stava accoccolata nel suo mantello. La bambina dormiva pochissimo. Non poteva suonare il flauto altrimenti avrebbero svegliato i figli del mugnaio e passò molto tempo semplicemente a osservare come erano incastrate le tegole del soffitto, o a guardare le minuscole fessure tra gli scuri.

Haxen arrivò all'alba, stravolta dalla fatica ma felice. Ce l'aveva fatta, aveva impastato cinquanta pani e trenta torte, metà al miele, metà alle mandorle.

Aveva fatto un impasto in piccolo di ognuna delle tre categorie: un piccolo pane, una piccola torta di mandorle, una piccola torta al miele, per sé, da mangiare al mattino, sia perché aveva bisogno di qualcosa per non essere stroncata dalla fatica, sia per sentire come erano venuti.

Erano perfetti.

Le cuoche della reggia avevano ragione: saper cucinare era un dono per sé e per il mondo.

Il mugnaio venne al mattino. Assaggiò un pezzo di pane, una delle torte, poi sputò per terra e poi si esibì nella rappresentazione dell'imbestialita indignazione.

«È ripugnante, hai sperperato il mio miele, la mia farina, le mandorle».

«Non è vero» disse Haxen ferma. «È buono, molto buono, l'ho assaggiato. Quindi ora datemi il mezzo soldo d'argento: lo avevamo pattuito» concluse con voce decisa.

«Lo hai assaggiato? Ladro, come ti sei permesso di mangiare la mia roba? Fuori di qui».

«È un mio diritto» rispose Haxen. «È scritto nella legge. Chi ha lavorato per molte ore e tutti quelli che lavorano di notte hanno diritto al cibo, che sia molto e di buona qualità è scritto sulla legge. Non me ne vado senza il mio mezzo soldo» disse gelida.

«Vattene, o ti sguinzaglio contro i cani» ringhiò il mugnaio.

Haxen si chiese cosa poteva fare. Chiamare lo sceriffo? No, lo sceriffo meglio lasciarlo perdere. Non c'era niente che lei potesse fare, salvo tirare fuori la sua spada con l'elsa d'argento. E poi? Infilzarlo? Così da essere accusata di furto, oltre che dell'assassinio: come giustificare il possesso di quella spada?

E non sarebbe stata giustizia neanche quella, più vendetta che giustizia.

Non poteva fare niente, se non dolersi che né lei né sua madre si fossero mai poste il problema di quanto le leggi del paese fossero conosciute, ricordate, applicate e rispettate. Ma qualcosa si poteva fare, che sarebbe stata giustizia e non vendetta.

«I ratti devono essere un problema per voi» disse a voce molto alta.

«Che cosa?» chiese il mugnaio.

«I ratti» ripeté Haxen scandendo bene. Dette un'occhiata a sua figlia. Hania giocherellava distratta in mezzo alla cenere sotto la cappa del camino. Il normale gioco di un normale bambino. «Con tutto questo grano, i ratti devono essere un pericolo terribile» concluse scandendo bene la parola ratti. Hania continuava a giocherellare con la cenere facendoci dei cerchi dentro con il dito. Il normale gioco di un normale bambino, non troppo intelligente. «I ratti» sillabò ancora Haxen.

«Qui di topi non ce n'è, nemmeno uno» disse astioso il mugnaio.

«Ah no? Davvero?» rispose Haxen stupita. «Neanche uno?»

«Tengo tutto sprangato, gli scuri chiusi. Tengo decine di bisce sulle rive perché non arrivino dall'acqua e la passerella c'è solo quando qualcuno deve passare. Ma a te che ti importa dei sorci? Ora vattene e subito».

Haxen non ebbe altra possibilità che andarsene. Lei e Hania traversarono la passerella che alle loro spalle il mugnaio tolse, così da restare chiuso nel suo regno di bisce e ignominia, protetto quanto un castellano una volta alzato il ponte levatoio.

Madre e figlia tornarono alla taverna dove Haxen crollò per la stanchezza.

Hania si mise alla finestra a suonare il flauto.

La mattina dopo Haxen e Hania erano già sedute sul carro, in mezzo ai cesti di limoni e qualche giara di olio, quando per le strade di Baar si diffuse la notizia.

Tutti la raccontavano a tutti e un gruppo di comari lo raccontò anche a loro.

Un volo di passeri si era abbattuto sul mulino, devastandolo. La minuscola casa del mugnaio era stata letteralmente saccheggiata: tutti gli scriccioli della regione si erano infilati giù dal camino, contro ogni usanza, contro ogni logica e contro ogni aspettativa perché non si era mai udito a memoria d'uomo che passeri e scriccioli scendessero da un camino per buttarsi sui chicchi di grano. Non un solo chicco di grano era sopravvissuto al loro passaggio, e finito il grano si erano gettati sulla farina, sull'orzo, sul pane già sfornato con le ali lerce di fuliggine e tutto quello che non era stato mangiato era stato lordato. E dopo di loro, fiumi di formiche erano scese dalle infinitesime fessure che c'erano tra gli scuri e il muro, e gli scarafaggi si erano calati dall'unico punto di tutto il tetto dove le tegole erano male allineate.

Il mulino era stato ridotto a un brulicante ammasso di miseria e sterco di uccello.

E la cosa impressionante era che gli uccellini non scappavano. Si alzavano se qualcuno aveva delle reti, poi si coalizzavano e attaccavano tutti insieme. I passeri e gli scriccioli erano creature così quietamente piccole, così teneramente indifese, ma tutti insieme, tutti animati dalla stessa volontà insensata, potevano essere micidiali. Scacciati da una parte, ricomparivano da un'altra. Una nuvola piena di becchi arrivava addosso a chi li combatteva. Aveva dovuto andare lo sceriffo: con cotta, elmo e guanti di maglia. Il risultato era stato un disastro: gli scriccioli più piccoli erano riusciti a infilarsi nell'elmo non appena l'uomo si era tolto la celata e per poco non gli avevano cavato gli occhi. E alla fine i grossi cani del mugnaio erano impazziti e avevano aggredito lui e lo sceriffo come degli ossessi.

Haxen fece uno sforzo per non girare la testa a guardare sua figlia. Continuò a tenere lo sguardo fisso sulla matrona che le stava parlando. E un altro sforzo lo fece per non tradire con un sorriso la contentezza, non solo perché la giustizia era stata, seppure brutalmente, ristabilita, ma per Hania: aveva reazioni comprensibili, si era arrabbiata per lei e aveva espresso la sua collera.

La sua partita stava diventando vittoriosa. Sua figlia stava passando dall'essere una creatura stolidamente e inutilmente crudele alla figura del Vendicatore, che era comunque un grosso passo in avanti, e prima o poi sarebbe diventata il Giustiziere. Lei sarebbe riuscita a spiegare la differenza: la vendetta era qualcosa che faceva stare meglio chi voleva compierla, la giustizia era qualcosa che faceva stare meglio il mondo, la vendetta era collera, la giustizia calma, ma anche la vendetta era infinitamente superiore alla crudeltà gratuita, al dolore inflitto per il piacere di farlo.

Hania stava cambiando. La vicinanza con lei, le storie che le raccontava: tutto funzionava. Più Hania sopravviveva vicino a lei e agli uomini, più si allontanava dallo spirito del suo orrido progenitore, più la sua parte oscura si rimpiccioliva, e quindi perdeva il sopravvento.

Si fermò anche ad accarezzare l'idea di tornare alla reggia da sua madre. Se la bambina si limitava a essere semplicemente imbronciata e brutale, ma non malefica o pericolosa, perché no? Avrebbe potuto illustrare personalmente a sua madre come erano applicate le giuste leggi che avrebbero dovuto governare il regno. Avrebbe potuto lavarsi, avrebbe potuto smettere di nascondersi come un ladro tutte le volte che doveva urinare, avrebbe mangiato seduta, cose buone e in quantità e non avrebbe dovuto spaccarsi la schiena a procurarsele. Si sarebbe dovuto escludere Hania dalle linee ereditarie, certo, era troppo pericoloso, ma avrebbe potuto tornare a casa. Un letto pulito, il camino, la sala di lettura, un letto pulito, le cucine, le stalle, un letto pulito, le cucine, una tavola apparecchiata, un letto pulito.

Stava sempre giocherellando con l'idea, mentre il carrettiere sistemava le ultime ceste di limoni, quando le comari che chiacchieravano tutte attorno cominciarono a parlare con voci sempre più terrorizzate e stridule.

Ormai la certezza era assoluta e spiegava quella folle concatenazione di eventi assurdi: i ratti dal legnaiolo pochi giorni prima, i passeri e gli insetti dal mugnaio.

«L'Oscuro Signore ha generato un figlio qui, nel nostro regno…»

«Quella notte terribile con le stelle rossastre. Tutti quelli che hanno guardato quelle stelle rossastre quella notte sono morti…»

«Certo. La veggente della Montagna della Luna, a est, il negromante del Deserto delle Torri Perdute… Il figlio dell'Oscuro Signore genererà il caos, e dal caos nasceranno l'oscurità e la morte, la carestia, la guerra, la siccità, ma lo possiamo riconoscere, lo possiamo trovare, lo possiamo stanare e lo possiamo rimandare da suo Padre nel regno delle ombre…»

«Come si riconosce?»

«La veggente e il negromante sono morti perché lo sapessimo. È nato marchiato sul polso sinistro, come un marchio fatto con il fuoco, una di quelle cose rossastre che sono state in cielo…»

«Si dice che anche il re Mago le ha viste, per questo è morto, lo ha raccontato il suo paggio, e prima di morire ha mandato un messaggio a sua figlia, la regina».

«Quindi la regina sapeva? E perché non ha avvertito?»

«Neanche dei re ci si può fidare…»

Finalmente il carro partì.

Non si poteva tornare alla reggia.

Haxen poteva andare solo nel deserto, e vivere lì, così da tenere il mondo lontano da Hania e salvarlo, e Hania lontana dal mondo, così da salvare lei e impedire che il mondo perdesse la sua innocenza.

IL FLAUTO MAGICO

Passarono attraverso una campagna fatta di mandorli e alberi di arancio. In basso in ordinati solchi fiorivano i fiori rosa e rossi dello zafferano. Sui comignoli delle fattorie c'erano i nidi delle cicogne. In lontananza sempre più vicine e più belle, con le cime innevate, c'erano le montagne, l'altopiano dei due picchi, Althion e Althios, che disegnavano la Porta del Cielo, che avrebbero dovuto superare per poi raggiungere il Deserto delle Torri Perdute dove, a quanto pareva, c'era stato un negromante, che ora non c'era più. Tanto di guadagnato. Pace alla sua anima e non era bello rallegrarsi per la morte di un onesto sconosciuto, ma il negromante sicuramente avrebbe avuto la capacità di riconoscere Hania per quello che era e così c'era un rischio di meno.

In un villaggio incontrarono un altro matrimonio. Di nuovo Haxen guardò la sposa, con la coroncina di fiori sui capelli, il velo, il sorriso, timido e felice.

La sposa aveva la pelle candida, Haxen era più scura di un contadino, e della sposa si intuiva la fragilità delle forme, mentre lei ormai aveva muscoli da ragazzo, se non da uomo.

Haxen la guardò, questa volta senza né invidia né nostalgia. A ognuno il suo destino, a ognuno la sua strada. L'altra aveva quello di essere felice, glielo augurò con tutto il cuore, lei aveva quello di salvare il mondo dall'Oscuro Signore, come sempre aveva sognato da bambina. Non in un duello, a singolar tenzone, ma in una micidiale partita a scacchi che era la vita della sua bambina.

E, al momento almeno, erano pari: riconosceva che il terrore della gente e il fatto che tutti ormai sapessero del marchio era un punto a favore del suo avversario.

La sera si fermarono per mangiare e dormire, in una fattoria, che nella sua grande corte quadrata accoglieva i carrettieri e i loro eventuali passeggeri.

Il pernottamento, un giaciglio di paglia nel fienile, era stato pagato insieme al viaggio, ma non il cibo. Al centro della corte gli uomini avevano acceso un fuoco e un profumo di salsicce riempì l'aria, forte e buono e insieme con qualcosa di delicato, doveva essere salsiccia al finocchio selvatico.

Hania nella sua maniera obliqua guardò Haxen, che scosse la testa.

«Non ho più denaro Hania, non ho più nulla» mormorò sconsolata.

Hania sbuffò, poi scese dal carro e si mise nella corte, vicino al fuoco, dove si abbrustolivano le meravigliose salsicce. Quando fu in mezzo alla cerchia di uomini seduti per terra, tirò fuori il suo flauto e cominciò a suonare. Era notevolmente migliorata in quei pochi giorni. La sua musica era semplice, certo, ma comunque piacevole da ascoltare.

Gli uomini la guardarono e qualcuno disse anche che era brava, ma era fuori questione che tipi come quelli tirassero fuori del denaro per pagare la modesta esibizione. Improvvisamente sulla corte, richiamati dal fienile, comparvero alcuni grossi ratti e si misero, su due zampe, a ballare con Hania. Era evidente che la bambina voleva ripetere lo spettacolo con l'orso: cercava di imitarlo nella speranza di mettere insieme la cena.

La scena, oltre che inquietante, era dannatamente pericolosa. Normalmente i bambini non hanno la capacità di dare ordini ai ratti. Se a qualcuno fosse venuto in mente che Hania aveva poteri straordinari, illegittimi, sarebbero state in pericolo e molto, anche se la bambina dimostrava tre anni e tutti cercavano un bambino di uno. Inoltre vedere quei ratti danzare era ripugnante: una cosa è un orso, una cosa sono dei ratti, anche se bisognava riconoscere che andavano a tempo e che c'era, anche, un certo tentativo di grazia in tutto l'insieme.

Fortunatamente agli uomini interessavano solo i ratti. E tutti ritennero che a essere magico fosse il flauto, c'era qualche veggente e qualche negromante che periodicamente fabbricava un qualche oggetto magico, flauti che scacciavano i ratti, scalpelli che lasciavano solchi scintillanti, dadi che vincevano sempre.

«Ehi bambina, non so chi sei e dove hai preso quel flauto, ma puoi dare gli ordini ai ratti, con quel coso?» chiese qualcuno.

«Li puoi portare anche lontano da qui?» chiese qualcun altro.

Hania si interruppe e, mentre i ratti si sparpagliavano e sparivano, come ogni ratto che si conviene una volta interrotto l'incantesimo, ci pensò un istante e poi annuì.

Altri uomini vennero.

«Puoi portarli via, lontano da qui?» chiesero. «Abbiamo i granai pieni, dobbiamo liberarcene subito o sarà il disastro. I ratti mangeranno il nostro grano e i nostri figli moriranno di fame».

Hania corrugò la fronte, li fissò e poi fece segno di dieci, mostrando le manine con le dita aperte.

«Che cos'ha detto?»

«Ha mostrato le mani».

«Forse bisogna contare le dita. Ha detto dieci».

«Che vuol dire dieci?»

«Dieci miglia. Puoi tirarteli dietro per dieci miglia?»

Hania annuì.

«Almeno venti» obbiettò l'uomo, parlò molto lentamente e accompagnò le parole facendo il gesto di mostrare due volte le mani aperte, anche quello fatto lentamente.

Hania si irritò. Lei era muta. Né sorda né stupida, solo muta. Annuì di nuovo con forza. Sì, lo sapeva fare.

Gli uomini cominciarono a parlare tutti insieme per organizzare la cosa, ma Hania li bloccò con un segno della mano, poi indicò la borsa con il denaro che il carrettiere portava alla cintura e poi quella che portavano gli altri uomini e infine e mostrò tre dita della mano destra. Poi indicò le salsicce. Voleva tre monete d'oro e le salsicce.

«Vuoi mangiare? E tre monete di rame vero?»

Per tre monete di rame i ratti potevano tenerseli e imparare a mangiarseli. Potevano anche usarli per sfamare i loro figli così il piagnisteo sui pargoli affamati se lo sarebbero risparmiato. Tra l'altro mangiati crudi i ratti erano dannatamente più buoni delle salsicce, però sanguinavano molto e rischiava di sporcarsi il mantello e in più tutte le volte che la pescava a catturare, uccidere, scuoiare e mangiare topi, lucertole, rane e qualsiasi altra creatura, sua madre si incupiva e da cupa non raccontava storie ed era uggiosa fino alla molestia.

Hania scosse la testa con indignazione e ripeté il segno con la mano. Tre.

«Tre monete d'argento? Stai scherzando?» gli uomini si sforzarono anche di aggiungere qualche forzata risata di scherno. Hania prese il suo flauto, fece un inchino, si avviò verso il porticato dove si rincantucciò nel suo mantello color indaco. E chiarì così che, da parte sua, la contrattazione poteva considerarsi conclusa e il momento di andare a dormire arrivato.

«Aspetta bambina, discutiamone».

Tono condiscendente.

«Non fare così».

Tono irritato.

E che altro avrebbe dovuto fare? Lasciarsi calpestare? Lì tutti vendevano al massimo prezzo quello che serviva agli altri. Il carrettiere non aveva fatto sconti e la padrona della locanda nemmeno. Qualcuno di loro si era posto il problema di offrire salsicce a lei e a sua madre?

Loro non sapevano che lei era capace di catturare un ratto e che andava matta per le loro carni dure e il loro sangue caldo.

Per quanto ne sapevano loro, lei era una povera bimba affamata e nessuno di loro aveva avuto nulla in contrario a farle passare la notte con lo stomaco vuoto.

Se ne restò rincantucciata e tranquilla, una brava bambina che si è messa a dormire.

C'era già sua madre, l'oca, che non sapeva contrattare. Lei era Hania.

«Va bene, va bene. Tre monete d'argento» accondiscesero.

Hania restò accucciata sul suo giaciglio. Tirò su la manina e fece di nuovo segno di tre.

«Tre monete d'oro? Sei pazza o stupida?»

Tono ringhioso.

«Possiamo togliertelo quel flauto, sai?»

Tono minaccioso.

«Funziona solo in mano alla mia sorellina» interruppe la madre.

Tono conciliante e soave, ma accompagnato dal rumore meno conciliante e ben più soave della spada estratta dal fodero. La madre non la estrasse del tutto. Si limitò a un paio di spanne, ma fu sufficiente perché la lama fosse ben visibile.

«Nostro nonno, grandissimo mago di corte, ha insegnato solo a lei come usarlo. In compenso mia sorella può liberarvi dei sorci e salvarvi il vostro raccolto. Tutto questo va pagato. Forse ha notato la generosità con cui ci avete offerto le vostre salsicce e temo che il suo cuore si sia chiuso e, quando questo succede, la magia del flauto si perde. Occorre farla rinascere con un'offerta molto generosa».

Hania ascoltò con una certa letizia: stava educando sua madre. A stare con lei diventava meno stupida. Stava imparando a contrattare.

Visto che sua madre, che loro credevano il suo fratello maggiore, si era inserita nella discussione, la trattativa si fece con lei. Haxen estorse due monete d'oro, le salsicce, e chiarì che il pagamento doveva essere anticipato o non se ne faceva niente. L'impresa si sarebbe compiuta la mattina dopo all'alba.

✑

Non appena la luce cominciò a illuminare il cielo e le stelle si persero nell'indaco del nuovo giorno, Hania cominciò a suonare il suo flauto. I sorci cominciarono a uscire da tutte le fessure, da tutti gli anfratti, da tutti i luoghi nascosti alla luce, ce ne erano sempre altri. Hania danzò con il suo flauto percorrendo tutte le fattorie, e in ognuna raccolse un plotone di ratti che si unì alla sua schiera.

Quando furono tutti radunati nel grande spiazzo all'inizio del villaggio, lei e sua madre salirono sul carro in mezzo ai cesti di limoni e agli otri di olio. Sempre suonando il flauto, Hania fece segno al carrettiere che poteva partire, ma andando lentamente.

Tutti i ratti cominciarono a seguirli e tutti battevano il tempo con le zampe. Vennero anche le donne e i bambini delle fattorie.

«Che orrore, che schifo» squittirono.

Hania era indignata per quei commenti. I ratti erano belli, andavano a tempo ed erano anche molto buoni da mangiare. Era uno spettacolo bellissimo, pieno di grazia e compostezza.

Si avviarono, in quella lenta marcia, che si srotolò nella campagna: il loro carro di olio e limoni, poi un esercito di ratti che marciava battendo il tempo e dietro a tutto gli uomini delle fattorie. Quando furono in mezzo ai boschi, nel fondo della valle, gli uomini fecero segno che il momento buono era arrivato. Con un'ultima piroetta Hania liberò i ratti dal comando e loro in pochi istanti si sparsero in mezzo al profumo di terra, di foglie bagnate e funghi, in mezzo al rumore dei ruscelli. Lì avrebbero ritrovato la loro primordiale anima di cacciatori. Molto più scomodo, ma anche più divertente del parassita che vive nel buio. Dette un ultimo ordine: godersi il posto, l'odore dell'aria pulita.

Gli uomini si avvicinarono al carro.

«Bambina, ci garantisci che non torneranno indietro?» chiese il più anziano degli uomini, che non aveva partecipato alla trattativa. Era evidentemente il capo del piccolo villaggio.

Hania annuì.

«Mai?» chiese ancora l'altro.

Hania annuì di nuovo.

«Bene, allora tieniti pure il flauto e il denaro che ci avete estorto. Quando si paga caro qualcosa che non ha prezzo abbiamo comunque fatto un affare. Noi siamo uomini d'onore, tuo fratello ha una bella spada e se quei sorci puoi tirarceli via, allora puoi anche ributtarceli addosso. Possiamo lasciarci qui. Noi abbiamo fatto un affare e voi anche. Una buona trattativa».

Si salutarono. Il viaggio riprese.

Hania continuò per tutto il giorno a esaminare il concetto di affare dove tutti ci guadagnano. Aveva del genio. Infinitamente superiore al furto, dove invece uno guadagna e un altro perde. Molto più divertente anche.

༄

Il viaggio continuò, ancora tre giorni. La notte alloggiavano in posti belli. Con il denaro di Hania potevano dormire nelle locande, prendere una stanza, così che lei e sua madre potevano dormire in letti comodi, con un pitale tutto per loro, e non doversi nascondere nei luoghi più impensati tutte le volte che lei e soprattutto sua madre dovevano saldare i conti con la natura.

Finalmente la lunghissima valle finì e la strada cominciò a salire verso l'altopiano tra le due cime, Althion e Althios, la Porta del Cielo.

Il paesaggio cambiò, finirono i castagni, cominciarono gli abeti e larici, e poi anche quelli cessarono, e ci furono, ad alternarsi, solo sassi e piccoli alberi di pino mugo.

In un tratto del cammino rimasero senza acqua e, perché lei non soffrisse la sete, la madre sbucciò un limone e glielo dette da mangiare. Era talmente aspro che pizzicava la bocca e gli occhi, ma poteva mangiarlo senza nessuna nausea e levava la sete. Hania aveva scoperto i limoni. Poteva smettere di avere sete.

A metà dell'ultimo giorno cominciò a nevicare. Il carrettiere coprì il carro con un grosso telo incrostato di cera così da renderlo impermeabile.

Hania odiava la pioggia. L'acqua, la pioggia, le davano addirittura la sua eterna sensazione di nausea. Non la neve. Anzi, stava benissimo mentre quel profumo nuovo di aria pulita si spandeva dappertutto.

I fiocchi cadevano a larghe falde. Qualcuno veniva spinto verso di loro e finiva sul suo mantello color indaco oppure su quello azzurro come la notte di sua madre, e allora si vedeva bene che ogni minuscolo fiocchetto era in realtà una forma unica, una sempre nuova declinazione della stessa forma.

Poco prima che calasse la sera, la neve si fermò e il cielo si aprì in grandi campi pieni di azzurro. I raggi del sole già obliquo fecero brillare la neve come se una miriade di piccoli brillanti fossero stati sparsi. A una sosta fatta perché il cavallo riprendesse fiato, Hania scivolò giù dal carro e cominciò a correre nella neve. Fece addirittura dei passi di danza. La prese a manate e la mangiò, e anche quella era una cosa che poteva mangiare senza il disgusto che invece le davano l'acqua, il latte, il miele, il pane con il burro.

Finalmente giunsero alla locanda dove il viaggio del carrettiere finiva. L'uomo scaricò olio e limoni, le salutò e si allontanò.

La locanda era particolarmente lussuosa, particolarmente ricca: era l'ultimo posto dove c'era un cambio di cavalli e un posto per rifocillarsi su quel passo tra i due picchi Althion e Althios, l'ultima terra prima del deserto. La locanda quindi era l'ultimo lembo di terra civilizzata.

LA TAVERNA

L'oste era, come ogni oste, grosso e grasso. Era anche particolarmente odioso e pretese di vedere le loro monete prima di accettarle nella sala grande.

Hania aveva i calzari bagnati e sua madre aveva infradiciato il bordo del mantello nell'andare a prenderla.

La taverna aveva una grande stalla e una cucina con due camini. Per fortuna nella sala grande un altro grandissimo camino ospitava uno spettacolare fuoco e un caldo delizioso riempiva la stanza.

Hania aveva le mani e i piedi talmente gelati che era come se non esistessero più. Sua madre le tolse i calzari e li mise ad asciugare vicino al fuoco, insieme al proprio mantello. Mani e piedi ricominciarono a esistere, ma prima si riempirono di dolore, come fossero stati trafitti da aghi.

Come se non fosse bastata la spettacolare bellezza del fuoco, c'erano quattro candele, la cui minuscola deliziosa luce guizzava nelle correnti delle due porte, quella di ingresso e quella della cucina, che continuamente si aprivano. E, in più, una torcia stava contro il muro, su un bellissimo sostegno di ferro battuto, di fronte al camino. I fuochi erano così belli, così affascinanti!

Il camino era il più grande che Hania avesse visto, occupava una parete. Sul fuoco uno spiedo infilzava una splendida oca che girava lentamente. La forza motrice di tutto il ruotare era un rampollo di circa una decina di anni, che grondava sudore e sofferenza in quel suo sforzo bestiale e ininterrotto. Eppure lo vedevano tutti, che il fumo andava verso l'alto. Anche se erano troppo graniticamente idioti, troppo integralmente imbecilli per capire che l'aria calda ha una minore densità e quindi una maggiore leggerezza di quella fredda e sempre si sposta verso l'alto con una potenza inarrestabile, persino loro avrebbero potuto vedere l'evidenza. E invece no. Il ragazzino stava a massacrarsi mentre sarebbe bastato montare sullo spiedo un qualsiasi congegno a vela e il fuoco avrebbe fatto lui il lavoro di girare l'oca, così che il ragazzino non dovesse dannarsi. Il camino era abbastanza grande da poter ospitare un oggetto del genere. Hania sentì di nuovo la sua sterminata solitudine, unico essere pensante in un mondo di assoluti deficienti.

Un uomo armato di una picca, coperto da un mantello nerastro che lo rendeva una specie di ombra, entrò urlando nella taverna.

«Siamo i briganti» berciò. «Eccoci, siamo venuti a farvi a pezzi, prenderemo le vostre donne, mentre le faremo a pezzi voi spererete di essere morti».

Hania pensò che nella difficile competizione su chi era il più idiota del reame, quello lì si batteva a calci per uno dei primi posti. Aveva urlato quando nella taverna c'era solo lui, quello dietro di lui non era ancora entra-to. Il cacciatore che stava seduto al primo tavolo sulla sinistra e il menestrello accucciato davanti al fuoco scat-tando avrebbero potuto chiudere la porta alle sue spalle e sprangarla, così da isolarlo, perché il cuoco armato del suo spiedo e i taglialegna con le loro asce facessero il lavoro di farlo a pezzi. Sarebbe stata una bella scena, con il sangue che schizzava e tutto il resto.

Il fatto è che nella difficile contesa su chi era il più stu-pido, vinsero i paesani. Davanti al massacro annunciato, rimasero seduti sulle loro panche con la bocca aperta e gli occhi spalancati dal terrore intanto che gli altri bri-ganti entravano, e a chiudere e sprangare la porta fu l'ultimo dei nuovi venuti, così da poter procedere alla carneficina con letizia e calma, senza il rischio che qual-cuno scappasse.

Poi cominciò il massacro.

Finalmente, con un assoluto ritardo, il cacciatore sedu-to al primo tavolo si decise ad alzare le terga e fare qual-cosa. A quel punto l'unica strategia che ancora avrebbe permesso una qualche possibilità di sopravvivenza era la fuga, usando la cucina come via privilegiata, la piccola finestra di fronte al camino come via di seconda scelta. Una volta che tutti i briganti fossero stati all'interno, lo scontro diretto sarebbe stato una follia, un doloroso sui-cidio, e invece fu proprio quella la scelta. Il cacciatore prese lo sgabello come corpo contundente e mezzo di sfondamento e attaccò.

Lo sgabello! Che povero scemo!

Aveva la torcia e il coltello!

Aveva il coltello da caccia alla cintura e la torcia a portata di mano. La torcia, molto più maneggevole e leggera, un'arma sempre micidiale: tutti sono terrorizzati dal fuoco, il fuoco tiene a distanza persino le belve. Lui si slanciò sul primo brigante e questi indietreggiò. Lo sgabello non urtò contro nessuno, tutto lo slancio fu sul nulla. Il cacciatore si squilibrò in avanti e in questa maniera dette le spalle al secondo brigante, al quale fu sufficiente un'unica mezza giravolta, lieve come una danza, per trovarsi nella posizione perfetta per mollare al disgraziato un affondo di spada nelle reni. Il cacciatore crollò in ginocchio, i briganti presero lo sgabello, che nel frattempo era rotolato per terra, lo rimisero in piedi davanti al cacciatore, ci posarono sopra le sue mani tenendole per i polsi e poi, con un unico colpo di ascia, gliele amputarono.

Avevano usato una lunga ascia bipenne; il colpo lo aveva inferto il bandito entrato per terzo, un giovane lungo, stretto, con gli occhi infossati, i denti nerastri. Il cacciatore gemette, con quel fendente nella schiena ormai, di fiato per urlare, non ce n'era più. Il sangue era dappertutto, anche sul soffitto. Un getto era andato anche nel camino. Il fuoco sfrigolò, ma poi si riprese.

«Qualcun altro ci vuole provare?» chiese quello dell'ascia.

Una vecchia si mise a singhiozzare, altro evidente errore: le avrebbe attirato addosso l'attenzione dei banditi. La vocazione di fare la cosa sbagliata al momento sbagliato a quanto pareva era generalizzata, collettiva e cosmica.

Per fortuna il trambusto era servito a distrarre l'attenzione, almeno quello, e con sollievo di Hania finalmente l'oca giuliva che le faceva da madre si decise a fare qualcosa e, incredibilmente, fece la cosa giusta. Scattò, prese Hania in braccio, la strinse a sé e sgattaiolò indietro verso la cucina, sempre restando nell'ombra: la nausea investì la bambina in maniera tanto violenta da stordirla, ma lei valorosamente resistette: non era il momento, bisognava salvare la pelle. La pelle era la cosa più importante. Suo Padre le aveva dato la vita, quindi doveva essere importante, la sua vita, doveva preservarla, sarebbe stata una scortesia verso di Lui permettere a qualcuno di ammazzarla.

Sua madre attraversò di corsa il pavimento di terra battuta, passarono tra trecce di cipolla e aglio e salsicce che pendevano dal soffitto, in mezzo a due grandissimi camini, dentro i quali fuochi meravigliosi scoppiettavano, specchiandosi nei grandi paioli di rame.

Haxen uscì dalla porta di dietro, attraversò il cortile innevato e poi via, lontana. Aveva una bella velocità, per essere una femmina con una bambina in braccio, Hania lo riconobbe. Purtroppo non era andata: la fuga era stata troppo tardiva ed era stata notata. Era mentre ammazzavano il cacciatore che si sarebbe dovuto fuggire. Hania era esasperata, non c'era mai nessuna strategia, nessuna logica in sua madre, solo un'arruffata maniera di seguire l'impulso, di andare a caso.

Due dei banditi, quello con l'ascia – il giovane con gli occhi infossati e i denti nerastri – e un mostruoso ceffo con un occhio solo erano all'inseguimento. Il buio avrebbe potuto accoglierle e proteggerle, ma una stupida gelida luna faceva rimbalzare la sua luce sulla neve: tutto era luminoso e splendente.

Haxen riuscì a raggiungere il bosco prima che i due la agguantassero. Hania rotolò nella neve, ma Haxen riuscì a divincolarsi e a fronteggiare i due.

«Ehi» le disse quello lungo. «Perché scappate voi due? Avete qualcosa per noi?»

«Sei proprio scemo ragazzo» disse il secondo. «Alla taverna era tutto caldo e comodo, qui dovremo gelarci le terga per ammazzarti».

Haxen rimise in piedi Hania e la allontanò da sé con la mano, poi estrasse la spada, con un movimento calmo e facendo scorrere la lama contro la guaina perché il rumore si sentisse bene. La luna fece brillare l'acciaio.

«Non costringetemi a uccidervi» disse con una voce che, forse, era una nota troppo alta.

«Non costringetemi a uccidervi?» scoppiò a ridere quello più lungo dei due. «Suona proprio bene. Cosa facevi prima di metterti a frequentare le taverne? Il cantastorie? Sai, le persone perbene la notte sono nelle loro casette, non in giro per il mondo».

«Sono Haxen, principessa della casata delle Sette Cime» rispose lei. Questa volta era riuscita a tenere la voce del tono giusto. «Sono la principessa del tuo regno e mettiti in ginocchio davanti a me» intimò.

Era evidente che a quei due di poche cose al mondo poteva importare meno della regalità, anzi avrebbe reso solo l'aggressione più divertente e avrebbe reso ancora più irrinunciabile la necessità di assassinarla dopo. In più aveva rivelato di essere femmina, decisamente alle persone sbagliate. Sua madre si stava giocando le sue ultime carte e aveva ricominciato a fare la cosa sbagliata al momento sbagliato.

«La principessa della casata delle Sette Cime» rise felice il bandito lungo. «Ma quanto suona bene. Sei una femminuccia? E di sangue reale? Non ce lo saremmo mai sognato. Adesso sì che avremo qualcosa da raccontare».

L'uomo fece roteare l'ascia bipenne sopra la testa. L'arma era molto più lunga, oltre che più pesante, della spada di Haxen e persino in quel momento di estremo pericolo Hania non riuscì a non pensare che l'ascia bipenne era un'arma invincibile, forte e bilanciata, non aveva solo potenza, ma anche un'indubbia valenza estetica.

I banditi al loro inseguimento non erano due, ma tre. Mentre i primi due facevano conversazione, il terzo passando dal fitto del bosco, stava per prendere Haxen alle spalle. Hania se ne accorse, perché lei era alle spalle di Haxen. Si chinò e raccolse un ramo per terra. L'uomo correndo le passò davanti e lei riuscì a buttargli il pezzo di legno tra le gambe. Fu sufficiente a farlo inciampare. Lei doveva restare viva ed era necessario che restasse viva anche Haxen. L'uomo rotolò nella neve, imprecò. Haxen si rese conto della sua presenza e riuscì a scartare di lato. Si chinò, prese di nuovo Hania in braccio e la mise con le spalle contro il tronco di un'enorme quercia, mettendosi davanti a lei.

«Di te mi occuperò più tardi, mocciosa» sibilò l'uomo. Hania lo guardò negli occhi, che erano piccoli, anche il naso era piccolo, la bocca era piccola, il tutto disperso in un faccione largo e piatto, con una rete di fitte e tortuose venette sulle guance e sulla punta del naso. C'era qualcosa di micragnoso in tutto l'insieme, come se nella fabbricazione dell'uomo si fosse risparmiato sui lineamenti. Hania guardò quella faccia e mentre lei la guardava la faccia si schiuse in una bizzarra espressione di stupore, mentre schizzi di sangue arrossavano la neve.

La faccia era stupita, esterrefatta perché la testa su cui si trovava non era più attaccata al corpo. L'uomo con gli occhi piccoli era appena stato decapitato. La sua testa era stata staccata con un unico colpo di spada e, per qualche istante, restò viva.

Cadde vicino a Hania: lei e la testa si guardarono per i lunghi attimi in cui la testa restò viva, sempre con quell'espressione di assoluto stupore, fino a quando finalmente gli occhi si appannarono e si spensero e la testa morì. Hania alzò lo sguardo.

Sopra di lei c'era un uomo enorme, quello che da sempre le seguiva, quello che di tanto in tanto Hania aveva visto. Era da prima della città di Baar che non lo vedeva più. Evidentemente l'uomo aveva semplicemente imparato a nascondersi meglio, ma non aveva abbandonato la loro strada. Era armato di una spada enorme, almeno sei piedi, con la lama decisamente larga, affilata nella parte inferiore, grossa e pesante in quella alta. Era un'arma da taglio e un corpo contundente, un'arma che, in apparenza, non sembrava avere niente di nobiliare. La pesantezza del primo tratto rendeva impossibile spezzare quella spada in qualsiasi tipo di impatto, anche con quello che era da sempre il nemico delle spade: l'ascia. Il grosso guerriero aveva anche una lunga e pesante ascia bipenne la portava legata sulla schiena, insieme a un arco fatto con il legno stagionato della quercia nera del regno e una faretra spoglia di qualsiasi insegna.

«I miei omaggi, principessa Haxen» salutò con voce calma. «Posso essere di aiuto?»

IL GUERRIERO

haxen era con le spalle al muro, non proprio contro un muro, contro una quercia, quando quell'uomo enorme si era parato tra lei e gli aggressori. Era particolarmente grosso. E aveva un odore particolarmente forte. Non è che gli altri fossero rosa e giaggiolo, però lui aveva l'odore inconfondibile degli uomini che vivono nella foresta senza lavarsi mai. E portano addosso, perché altro non hanno per ripararli dal gelo, pelli mal conciate. Era l'odore inconfondibile dei fuorilegge, dei briganti. Anche così non era un odore sgradevole, solo forte.

L'uomo era armato di una spada enorme, e sulla schiena portava un'ascia. Suo padre diceva sempre di fare molta attenzione a coloro che hanno spade che devono essere tenute con due mani, perché sono le più micidiali.

I suoi aggressori non dovevano avere avuto lo stesso addestramento. Sottovalutarono l'uomo. Forti del fatto di essere in due, si lanciarono contro il guerriero, che li abbatté uno dopo l'altro, ruggendo come un toro infuriato, mentre la spada che teneva a due mani si abbatteva sulle armi degli altri: del più grosso fece saltare un frammento dell'ascia con un colpo di sbieco, il più piccolo e agile tentò di scartare, ma non fu abbastanza veloce. La spada del guerriero lo raggiunse sul collo. Un'enorme pozza di sangue si allargò sotto i cadaveri e una piccola nuvola di fumo tiepida si condensò per qualche istante su di essa.

Haxen prese la bambina tra le braccia e le spinse il faccino contro la propria spalla, perché non guardasse i morti e il sangue. L'immagine era quella di una madre che vuol sottrarre la sua creatura a una vista orrenda, in realtà voleva solo nascondere l'entusiasmo di Hania davanti alla scena.

«Ci sono regole» disse a mezza voce il guerriero, parlando a se stesso. «Non si attacca una donna. Chi lo fa perde il diritto alla vita».

Poi l'uomo si chinò e pulì la spada dal sangue, con un pugno di terra, infine si alzò e si girò verso di lei.

«Ci rincontriamo, mia Signora» le disse.

Haxen lo guardò. Non avrebbe detto di conoscerlo, eppure c'era qualcosa di familiare, un ricordo che si sfuocava nella lontananza della sua infanzia. Finalmente la memoria mise a fuoco l'immagine del suo compagno di innumerevoli pomeriggi passati insieme ad addestrarsi alla spada.

«Dartred» disse alla fine. «Sei, tu! Sei diventato un uomo, certo, eri un ragazzo. Ma sei tu!»

«Sono io. Mi avete salvato la vita quando eravate ancora una bambina. Vostro nonno, il re Mago, mi aveva condannato a morte e voi siete venuta ad aprire la mia cella» raccontò dolcemente l'uomo. «Sono un bracconie-re, quello che è vero è vero. Meglio dirla subito la verità così dopo si evitano le delusioni. Ma non ho mai ucciso» concluse l'uomo.

Haxen abbassò gli occhi istintivamente sui tre cada-veri, pentendosi immediatamente di quel gesto incauto.

«Volevo dire, non ho mai ucciso un innocente, un disarmato. Non ho mai ucciso, se non per difendere, non ho mai ucciso se non in guerra. Sono le regole del Cavaliere di Luce, me le aveva insegnate vostro padre. Poi però l'Oscuro Signore ci ha messo la sua maledetta coda, vostro padre è stato ucciso, la miseria e la guerra hanno inghiottito il paese e tutto è andato a rotoli. Io ho rubato per sfamare i miei fratelli, sono stato condannato all'impiccagione e voi mi avete salvato. Ricordate?»

Certo che Haxen ricordava. Suo padre morto, suo nonno impazzito di dolore, che prendeva decisioni folli sia per la disperazione che lo attanagliava, sia per il terro-re di perdere il regno, dissolto nei disordini che nascono dalla fame, circondato su tutti i confini da nemici che la notizia della morte del giovane re aveva reso minacciosi. Dartred era figlio del fabbro, che era anche addetto ad aggiornare le cronache del regno, nel loro piccolo regno le cariche potevano essere accumulate sulla stessa perso-na, così si risparmiava qualcosa. Alla morte dell'uomo, quasi contemporanea a quella di suo padre, la famiglia era sprofondata nella miseria e il figlio maggiore aveva rubato. Haxen gli aveva salvato la vita.

Ricordava quel giorno. Per lei era stato terribile. Era una brava bambina, abituata a seguire gli ordini, o anche solo le indicazioni dei benevoli adulti che la circondava-no. Aveva imparato a usare la spada e si era addestrata proprio con Dartred, per ordine del padre, quindi, anche se tutta la corte disapprovava, non era stata disobbedienza. Se cavalcava a cavalcioni di nascosto da sua madre, anche in questo aveva avuto la benedizione di suo padre. Non era stata disobbedienza. Per Dartred si era resa conto che quella condanna violava la regole della cavalleria, perché violava le regole della giustizia e, in nome di suo padre, della cui morte aveva il cuore gonfio, aveva avuto il coraggio di sfidare suo nonno.

Aveva strappato l'assenso di sua madre a sistemare i fratelli minori di lui nelle cucine e poi era andata a liberare il prigioniero. Ricordava quel giorno, ogni istante, la sua paura e, nonostante tutto, la sicurezza di stare facendo la cosa giusta. Aveva preso dolci di mandorle e idromele nelle cucine e le aveva portate agli armigeri: dopo aver versato nell'idromele un po' della polvere di papavero che la balia, anche levatrice e guaritrice del castello, teneva per consolare il dolore e alleviare i parti. I due c'erano cascati, avevano bevuto, si erano quietamente addormentati. In fondo erano i due armigeri di guardia a una cella dove c'era un ragazzo. Non erano sugli spalti in attesa di un'invasione. Haxen aveva preso la sua chiave maestra con l'impugnatura a cuore e aperto la cella. Erano scivolati fuori in silenzio, erano corsi alla piccola porta protetta dalle querce e lui era scomparso, nella notte.

Suo nonno, quando lo aveva scoperto, era scoppiato in lacrime. Aveva pianto che era un povero vecchio, suo figlio era morto, lui non faceva che cose sbagliate, i nemici spingevano alle porte. L'aveva ringraziata per avergli impedito una scempiaggine, e anche il fatto che usasse la parola scempiaggine per un qualcosa che se non era un atto di giustizia non poteva che essere un crimine, dimostrava che il mondo era perduto e che il regno era affidato a chi non avrebbe dovuto. Quando però la guerra era culminata in tutta la sua violenza, il re Mago aveva di nuovo riscoperto il suo valore di guerriero, difendendo l'accesso meridionale al regno, il valico detto la Porta del Cielo, mentre truppe meno regolari, i mercenari, difendevano nel nord il paese dall'aggressione dei barbari. Le bande di mercenari si erano affiancate alle truppe regolari e avevano finalmente respinto l'arroganza dei regni vicini.

«Non ho capito cosa ci facciate in mezzo alla neve con una bambina. Posso chiederlo?»

«Voi potete chiederlo, ma io preferisco non rispondervi» disse Haxen, cercando di sorridere, un bel sorriso altero e condiscendente, di quelli che bloccano la conversazione, mentre si rendeva conto che non aveva, né poteva avere nessuna risposta plausibile a una domanda così ovvia. Era anche passata al "voi", perché quello era un uomo e non un ragazzo e preferiva che nulla ricordasse i loro trascorsi di intimità.

«Va bene, ma qualsiasi sia la cosa che vi spinge fino a questa inospitale landa, tenete per voi il vostro rango. Non è il caso che lo dichiarate al mondo. Non può proteggervi, non a questa distanza dalla vostra reggia. In compenso aumenterebbe il rischio. Focalizzerebbe su di voi i nemici della vostra casata. Poi ci sono i briganti, che spererebbero in un riscatto. E c'è un altro tipo di malvagio: quello che odia il mondo perché non è riuscito a realizzare niente di quello che sognava, o peggio, che non ha mai sognato niente. Sto parlando di quelli che hanno vite senza alcuna scintilla di luce, per i quali aver aggredito una donna di sangue reale sarebbe un vanto infinito e irresistibile, l'unico delle loro vite vuote. Da questo momento possiamo essere un marito, una moglie e una bambina o, se preferite la sicurezza del vostro travestimento, un uomo, un ragazzo e una bambina, che stanno andando... in che direzione stiamo andando mia Signora? Questo potete dirmelo».

«Sud» rispose Haxen.

«Bene. Stiamo andando a sud. Prendete in braccio la bambina e spicciamoci».

«La taverna» disse Haxen. «Non possiamo andarcene e lasciarli in balia dei briganti. Ci sono una decina di avventori, più gli sguatteri, e l'oste. Dobbiamo dare loro soccorso».

SOPRAVVIVENZA

L a neve era piena di sangue e Hania era ancora viva, con lo stomaco vuoto, gelata, ma viva. C'erano stati diversi momenti in cui aveva temuto per la sua vita, il che era stato ancora più orribile di avere i piedi gelati. Per fortuna era arrivato il guerriero e adesso le avrebbe portate in salvo.

La capacità di distinguere il bello dal brutto, i vili dai coraggiosi, chi sapeva combattere da quelli che sarebbe stato meglio facessero un altro mestiere, gli intelligenti dai cretini faceva parte delle conoscenze di Hania. Finalmente in quell'opaco grigiastro mondo che era l'intelligenza degli uomini, aveva trovato qualcuno che capiva qualcosa. Poi sua madre aveva riaperto bocca e tutta quella sfolgorante intelligenza si era dispersa.

Dovevano dare soccorso alla taverna.

Quello era il momento di scappare, con la massima velocità possibile, senza perdere un istante. Esistevano situazioni dove più di un'opzione era possibile. Non in quel momento. Quello che dovevano fare loro era allontanarsi nella maniera più brillante, più rapida e più sicura. Perché la madre si confondeva di nuovo?

«La taverna. Gli avventori. Non possiamo abbandonare gli avventori della taverna» spiegò ancora Haxen al guerriero che era rimasto in silenzio, in evidente imbarazzo davanti alla follia della richiesta.

Non potevano abbandonarli? Certo che potevano, dove sarebbe stato il problema? Tra l'altro, erano tutti maschi adulti gli avventori della taverna, erano loro che avrebbero dovuto proteggere Hania e sua madre, non il contrario. Anche il Cavaliere di Luce sarebbe rimasto nauseato dalla loro pochezza, persino lui avrebbe concluso che, quelli lì, la vita non se la meritavano.

«Non possiamo lasciarli uccidere» rincarò la madre.

Perché no? Erano un mucchio di persone e si erano fatti mettere in ginocchio da un pugno di briganti e dalla loro paura. Che morissero. La vita era alquanto dura, sia con gli imbecilli che con i vili: quelli appartenevano a entrambe le categorie, una battaglia persa. La vita era un'impresa aspra, questa era la realtà e loro non potevano modificarla salvando il mondo, però potevano salvare loro stessi, e questa sarebbe stata una bella cosa. Il meglio era nemico del bene. Cercando di salvare tutti avrebbero potuto perdere anche la loro vita e soprattutto, e questo era l'imperdonabile, la sua, quella di Hania.

«C'è anche l'oste» ricordò lei.

È vero, c'era anche il maledetto bestione che aveva preteso di vedere il loro oro prima di farle entrare, il che voleva dire che se di oro non ne avessero avuto le avrebbe lasciate a dormire nella neve insieme ai cani.

Un peccato non poter assistere a quando i briganti gli avrebbero tirato fuori le budella. La vita era così, tutto non si poteva avere, ma una bella fuga, quella certo, si poteva averla.

In quell'istante, nonostante la distanza, urla di dolore indicibile si alzarono dalla taverna.

«Avete ragione» disse alla fine l'uomo.

Hania sentì il suo spirito crollare. Il guerriero non era del tutto stupido, questo era evidente, ma altrettanto evidente era che voleva la madre. Per questo le seguiva, da quando le aveva viste. Non era per caso che era capitato quella notte proprio nell'istante e nel luogo in cui la madre aveva avuto bisogno di soccorso. Voleva la madre e, con la statura che aveva, senza contare l'ascia, avrebbe potuto averla in qualsiasi momento, ma era uno beneducato e la voleva convincere. L'unica strada quindi era dimostrale il suo valore.

Un bel po' del suo valore glielo aveva già dimostrato salvandola. Se proprio voleva dimostragliene di più aveva diverse possibilità: lavarsi e trovarsi delle vesti meno indecenti sarebbe stato un gesto interessante. Portarle subito in salvo nonostante le idiozie che farneticava sua madre sarebbe stato un gesto di altissimo valore. Lui stava scegliendo la via peggiore: rischiare la sua vita per dimostrare quanto era un eroe, e la cosa più probabile era che crepassero tutti. Se mai quei due fossero riusciti ad avere una lapide, qualcuno ci avrebbe potuto scrivere sopra: "Qui giacciono dolenti e rimpianti due grandi e sprovveduti eroi che i guai se li sono andati a cercare".

L'uomo aveva le pupille dilatate e le pinne del naso anche: era evidente che voleva sua madre. Se non avesse avuto l'idea di fare l'eroe, prima o poi avrebbe potuto mettere la sua parte molto convessa in quella molto concava di lei, per avere poi tanti bambini, uno più scemo dall'altro, così da non sfigurare tra di loro, e soprattutto non far sfigurare la mamma. Sarebbero vissuti tutti felici e contenti. Se non scappavano subito, invece, sarebbero crepati da lì a poco, infelici e scontenti. E, quello che era peggio, sarebbe morta lei.

«Voi restate qui con la bambina, non muovetevi, vado io» intimò l'uomo. «Quanti erano in totale?»

«Setto o otto» rispose Haxen.

«Allora alla taverna ce ne sono quattro o forse cinque, rispose Dartred. «Potrei farcela» concluse.

Certo avrebbe potuto farcela, questa era una delle possibilità, l'altra è che fossero in quattro o cinque e che, essendo in quattro o cinque contro uno, lo avrebbero fatto in pezzi talmente piccoli che la sua stessa madre non avrebbe potuto distinguerlo dai ciccioli del minestrone. Tra l'altro erano cinque.

☙❧

Hania e sua madre rimasero ad aspettare nella neve. Il freddo divenne puro dolore. Il morire da infelici e scontenti non presupponeva necessariamente una morte violenta, anche l'assideramento poteva fare alla bisogna. Oppure il congelamento di arti e la successiva cancrena. In compenso, stavano portando soccorso a tizi di cui a loro non importava niente e che per loro mai avrebbero fatto qualcosa.

Hania aveva la scelta tra stare in braccio a sua madre e avere la nausea, o stare con i piedi nella neve e gelare.

Finalmente ricomparve Dartred.

«Ne ho ucciso uno, ma gli altri sono scappati» ansimò l'uomo.

Magnifico. Quella aveva l'aria di essere gente parecchio irritabile e quindi decisamente vendicativa. Ora a tutti i loro guai si sarebbe dovuto aggiungere che probabilmente li avrebbero avuti alle spalle, al loro inseguimento. Avrebbero imparato a temere ogni fruscio, non sapendo se fosse quello dell'attacco, o se era un sorcio che aveva deciso di passare dalle loro parti.

«Hanno dato fuoco alla locanda. Sono riuscito a creare abbastanza confusione perché gli ultimi due sopravvissuti a tutto quel massacro potessero scappare, non appena li ho liberati si sono buttati dalla finestra e sono corsi via. E anche a qualcos'altro sono servito. Gli ultimi due sono spirati tra le mie braccia. Almeno sono morti sapendo che qualcuno ha combattuto per loro. E sono morti sdraiati per terra, non appesi al soffitto dove quei bastardi li avevano messi. Li avevano appesi usando le catene del camino, per fortuna la mia ascia taglia il ferro, se non è troppo spesso».

Haxen annuì. Anche lei aveva la pupille dilatate e lo sguardo un po' fisso. Il guerriero, a quanto pareva, lo scopo principale lo aveva raggiunto, che era una bella notizia. Sarebbe rimasto sempre con Haxen e la preziosa vita di Hania sarebbe stata più confortevole e sicura.

«E mi hanno ferito alla spalla» aggiunse l'uomo.

Questa non era una bella notizia. Avrebbero potuto scappare sani e felici, tutti rigorosamente interi e senza nessuno al loro inseguimento e invece no: il più forte e utile del gruppo era ferito a una spalla e si erano fatti dei nemici mortali che c'era il rischio si trasformassero in quattro mortali inseguitori.

«Avrebbe potuto andare peggio» commentò sua madre, astuta come sempre.

Certo che avrebbe potuto andare peggio. I banditi invece di sette avrebbero potuto essere diciannove. Un terremoto avrebbe potuto arrivare e sterminarli tutti. Una stella avrebbe potuto staccarsi dalle volte del cielo per venire ad annientarli. Erano pochissime le situazioni dove la frase "avrebbe potuto andare peggio" non avrebbe potuto essere pronunciata. Ti stanno per impiccare? Poteva andare peggio e potevi finire sul rogo. Sei finito sul rogo? Sì, ma non ti hanno scorticato prima: poteva andare peggio. Il Cielo ci assiste e veglia su di noi.

UN UOMO, UNA DONNA, UNA BAMBINA

Haxen seguiva il suo salvatore. Teneva tra le braccia Hania che, come sempre, cercava di sgusciare via, con il visetto stravolto dal ribrezzo. Le braccia cominciavano a pesarle. L'elsa della spada, con quel fardello, le dava fastidio.

«Permettete che la porti io? Non sono tanto ferito da non riuscirci» chiese l'uomo.

Haxen annuì. Gli consegnò la bambina, che tra le braccia di lui smise di divincolarsi e si distese. Mentre seguiva l'uomo, Haxen sentì un istante di sollievo.

«Come mai non ha i calzari?» chiese l'uomo. «Ha i piedini gelati».

Haxen indicò il punto dove il fumo si alzava contro la luce della luna: tremava troppo per il gelo, non riuscì a parlare.

«Sono rimasti nella taverna, certo, siete fuggita come potevate» concluse lui. «È rimasto nella taverna anche il vostro mantello, immagino».

Haxen annuì.

«Tenete» disse lui, e le allungò la sua cappa, sudicia, sdrucita, meravigliosamente calda.

«Tenetela voi, o la bambina prenderà freddo» disse, cercando di rifiutarla.

«La tengo sotto la giubba, al caldo, la bambina è a posto» rispose lui. «Guardatela: dorme come un angioletto».

La frase era talmente inverosimile che fece sussultare Haxen. E invece era vera: provata dal freddo, dalla paura di quella notte infernale, Hania era crollata in uno dei suoi brevi istanti di sonno profondo. Evidentemente tra le braccia di Dartred si era sentita al sicuro, in fondo per metà era un essere delle tenebre, ma per l'altra metà era una bambina, una bambina piccola fatta in maniera da non poter stare in braccio alla propria madre senza provare fastidio se non disgusto. Una bambina piccola dispersa in una solitudine assoluta.

Alla luce della luna i lineamenti di sua figlia si erano finalmente distesi. La bocca era leggermente aperta come qualsiasi bambino che dorma finalmente al sicuro. Non era mai successo che Hania avesse quell'espressione.

«È bella quanto voi» commentò Dartred.

La frase la imbarazzò. Un commento sulla sua bellezza avrebbe potuto essere proferito da uno spasimante.

«Tutti i bambini sono belli» tagliò corto Haxen.

«Sì certo» disse lui in fretta, Haxen sperò che si fosse reso conto di quanto il suo commento fosse stato sconveniente. «Ma questa è particolarmente bella e oltretutto vi somiglia» continuò lui.

Haxen non riuscì a rispondere nulla.

«Va bene, avete ragione, non sono affari miei» concluse lui. «Vi scorterò verso sud. Vi devo la mia vita, e io ho l'abitudine di pagare i debiti. Vi scorterò verso sud, Haxen delle Sette Cime. Mi direte voi quando sarete al sicuro e non vi servirà più la mia scorta. Con me siete al riparo».

Haxen ringraziò con un cenno del capo.

ॐ

Dartred le guidò a una capanna di boscaioli.

«Non è abbandonata» spiegò. «Il vostro regno ne è disseminato. Vostro padre le fece costruire e lasciare a intervalli regolari perché i boscaioli, i cacciatori, i mercanti e i viandanti potessero trovare un luogo dove trascorrere le notti d'inverno, e anche quelle delle altre stagioni, in un posto caldo, sicuro. C'è una legge non scritta che tutti, boscaioli, cacciatori, mercanti, viandanti rispettano rigidamente. Questi rifugi vengono tenuti in ordine, puliti e sempre con una provvista di legna. Chi ne consuma è impegnato a ricostruire la scorta. È un obbligo di cortesia, per la sopravvivenza, che tutti rispettano».

Entrarono e la luce della luna illuminò il luogo. Di fianco al camino non c'era nessuna catasta, nemmeno un pezzetto di legno. Per terra paglia sudicia e ossa spolpate. In un angolo, una piccola pentola ammaccata di ferro arrugginito.

Gli ultimi che avevano usato quel luogo dovevano essere stati piuttosto scortesi, ma almeno avevano lasciato la pentola.

«Vostro padre girava il regno in lungo e in largo, per verificare che tutto fosse in ordine, che le sue leggi fossero applicate. Da quando è morto anche la cortesia si è deteriorata».

Certo, e anche l'onestà, da quanto Haxen aveva potuto giudicare dai suoi trascorsi nella città di Baar.

Hania si era svegliata. Dartred posò a terra la bambina. Era livido. Lo sforzo di camminare con Hania tra le braccia lo aveva stroncato. Era un uomo ferito, Haxen avrebbe dovuto ricordarsene e impedirgli quello sforzo.

«Voi state qui, sdraiatevi» gli disse. «Al resto penso io».

Dartred si levò le armi, l'enorme spada, l'ascia bipenne, l'arco e la faretra e si lasciò cadere al suolo. Gli occhi gli si chiusero. Era sfinito.

Haxen uscì nel gelo. Alla luce della luna prese la piccola pentola e la riempì di neve, poi si armò della grande ascia, e, rapidamente, con gli occhi che scrutavano il bosco nel timore che comparissero assalitori, tagliò quanti più rami poté. L'ascia era molto pesante e lei aveva le mani talmente fredde che riusciva a malapena a muoverle, ma strinse i denti e riuscì. Lo sforzo le strappò dei gemiti, tanto fu penoso. Alla fine rientrò nella capanna, mise la legna fredda e troppo fresca nel camino e la guardò sconsolata. Non aveva un acciarino. Non aveva un'esca per far cominciare il fuoco.

«Nella mia sacca» sussurrò Dartred.

Non stava dormendo. Le passò il sacco di tela bruna che portava legato in spalla. Dentro c'erano un acciarino e un paio di esche.

Il fuoco scoppiettò, con insospettata facilità. Dette calore e luce. Finalmente Haxen poté sprangare la porta. Il rumore del chiavistello chiuse fuori il mondo. Mise sul fuoco la pentola piena di neve. Alla luce dorata della fiamma si chinò su Dartred. Lo aiutò a sfilarsi la giubba e guardò la ferita. Era poco profonda, questo era vero, ma aveva perso molto sangue ed era sporca.

Quando la neve fu sciolta la usò per lavarla. Ci sarebbero voluti unguento ed erbe e non aveva niente, ma dicevano le levatrici e le cuoche, che erano quelle che più si intendevano dell'arte di guarire le ferite, che la prima medicina è l'acqua per lavare. Quando la ferita fu pulita, bisognò fasciarla.

«Giratevi» ordinò Haxen. L'uomo obbedì. Lei si sfilò la camicia da sotto il corsetto, cercando di mostrare il meno possibile, poi la fece a strisce, con i denti e la forza delle braccia, e con quelle lo fasciò. Tutta l'operazione la costrinse a confrontarsi con la fisicità, con il corpo, con quello di lui, certo, con le spalle, il torace, le braccia. Era la prima volta della sua vita che era così vicina a un uomo, la prima volta che lo toccava.

Sempre più ricordi di Dartred ragazzino affioravano. Suo padre era lo scrivano, colui che aveva il compito di tenere le cronache del regno, perché poi fossero ricordate. Per questo il guerriero parlava in maniera alta, corretta e, sicuramente, era esperto anche nello scrivere e nel leggere, probabilmente più di non pochi dei suoi pretendenti. Ormai aveva capito che l'Oscuro Signore aveva organizzato tutta quella fantastica trama, generare un figlio e spingere gli uomini a sopprimerlo, per dannare gli uomini e per dannare lei, per dannare gli uomini attraverso lei. Non aveva previsto molte cose, una di queste era Dartred.

Improvvisamente un'idea si formò nella sua mente e nell'istante in cui la illuminò, seppe che era vera.

«La vostra spada ha scheggiato una delle loro. La vostra ascia taglia il ferro. Sono fatte di acciaio assoluto, come la mia spada e quella di mio padre».

Lui annuì. Accennò un sorriso. «Stessa bottega, mia

Signora. Spero che non vi indigni troppo che il segreto non sia stato usato solo per la famiglia reale ma anche per il figlio del fabbro. Era l'antica arte dei nani che ha forgiato le nostre spade, ricordate che ce ne è stato uno nella nostra bottega per qualche anno?»

«Il Temerario» disse lei. «Il guerriero che chiamavano il Temerario, quello che ha difeso le frontiere del nord. Eravate voi! Ma no, non è possibile che foste voi: raccontavano di un uomo, voi eravate un ragazzo».

«Mia Signora,» rispose lui dolcemente «la guerra è stata chiamata la guerra "dei Due Inverni". È durata sei stagioni. Ne basta una, a volte, perché un ragazzo diventi un uomo. È quello che è capitato a me».

Haxen aveva i pensieri che si rincorrevano. Il principesco eroe di cui aveva fantasticato per tutta la sua adolescenza, quello per cui aveva rifiutato un pretendente dopo l'altro, era il figlio del fabbro, un po' cresciuto e con un gran bisogno di un cambio di abiti, ma comunque il figlio del fabbro, una figura casalinga, di poco più aulica della cuoca e della balia: uno dei domestici personaggi che popolavano il cortile dietro la reggia. Era anche quello che le aveva appena salvato la vita e che aveva dimostrato un eroismo eccezionale, quindi doveva prendere atto che non c'erano contraddizioni.

«Perché non siete tornato a casa? Sarebbe stato logico, normale, c'erano i vostri fratelli, hanno aperto una locanda» riuscì a domandare.

«Signora, sono bandito, ricordate? Mi ha bandito la condanna di vostro nonno. Se fossi tornato avrebbe dovuto scegliere tra impiccarmi o essere ridicolizzato dalla mia presenza. E poi per il bracconaggio avevo una vocazione, capite? Mi sembrava un destino prescelto dalle stelle».

«Mi state prendendo in giro?» chiese lei.

«Solo un poco, mia Signora, solo un poco, quando perdo sangue, anche il decoro si stinge un po'. Ma da domani, lo giuro, sarò di nuovo Dartred, il figlio del fabbro, al vostro assoluto servizio». La sua testa cominciò a ciondolare. «La tigre che ha ammazzato vostro padre, un maschio enorme con un collare di pelo nero, gli ho saldato il conto».

Poi la testa di Dartred crollò. I suoi occhi si chiusero.

Haxen lo guardò a lungo. L'Oscuro Signore, evidentemente, il Temerario non lo aveva previsto. Qualche volta, quindi, sbagliava anche lui. Dartred il Temerario , il figlio del fabbro, non lo aveva previsto nessuno.

ॐ

«Possono averci seguito» sussultò Dartred svegliandosi all'improvviso. Cominciava ad avere la febbre. «È improbabile. È più facile che siano scappati. Ma non possiamo escludere che ci abbiano inseguito. Quindi io e voi dobbiamo montare la guardia. Dobbiamo darci i turni».

«Certo» rispose Haxen. «Io faccio il primo, voi riposate».

«Al minimo segno, chiamatemi» disse il guerriero.

Haxen annuì. «Potete starne certo» lo rassicurò.

Poi si mise, con la grande ascia in grembo e la sua spada al fianco, a fissare la porta che aveva sprangato, sperando che il silenzio continuasse ad avvolgerli.

Una buona parte della notte era già passata, quando lievi e soffocati rumori interruppero la calma. Haxen si avvicinò alla piccola finestra, scostò gli scuri e guardò fuori. Dall'altra parte, sulla neve illuminata a giorno dalla luna, c'erano i lupi.

Erano un grosso branco e se ne stavano accucciati davanti alla porta della capanna.

Si girò a guardare. Gli occhi della sua bambina insonne splendevano nella luce delle braci. La potenza di Hania li stava proteggendo. O, forse, stava proteggendo se stessa, ma in questa maniera si batteva per quelli che si battevano con lei. Se malintenzionati si fossero avvicinati, i lupi li avrebbero fermati e avrebbero avvertito loro con il ringhio, i latrati, gli ululati, le urla degli aggrediti. Haxen poteva dormire tranquilla. Si lasciò scivolare a terra, avvolta nel mantello non suo che le dava calore e portava fino al suo corpo di donna giovane l'odore dell'uomo che dormiva poco distante.

Poteva riposare. La sua infernale bambina vegliava su di lei. Dartred il Temerario si stava battendo con loro. Continuavano a risuonarle nelle orecchie le parole che il guerriero aveva pronunciato quando era venuto a battersi al suo fianco: "ci penso io". Erano parole magiche, le parole più dolci, più forti che esistono al mondo, soprattutto per lei, che il mondo se lo stava portando sulle spalle da sola da mesi e mesi. "Ci penso io". In quella sua strada pesantissima, pericolosa e dura, Haxen aveva incontrato qualcuno che "ci pensava lui". Sulla via del sud, in quel suo lungo difficilissimo viaggio, l'uomo era a fianco a lei, con la sua forza, con la sua spada, con il suo coraggio.

Per la prima volta dal giorno maledetto in cui si era resa conto che l'Oscuro Signore aveva scelto lei per dannare gli uomini, Haxen provava quasi serenità, quasi gioia. In quella serenità, in quella gioia, c'era anche la coscienza che se lei fosse rimasta Haxen delle Sette Cime non avrebbe mai posato lo sguardo sul figlio dello fabbro e quindi, forse, il suo destino sarebbe rimasto incompiuto. Ora tutto era ridotto all'osso. I titoli di nobiltà, di legalità, non avevano più alcun valore. Al punto in cui era, per lei, la gente valeva quel che valeva. E il valore dell'uomo che dormiva a poche spanne da lei, ormai bruciato dalla febbre, era grande. Quando lo aveva medicato, quando lo aveva liberato dalle pelli mal conciate che si portava addosso, c'era stata la potenza di quel corpo giovane a cui lei doveva la vita. E l'onore, certo, perché se lui non fosse intervenuto era evidente quello che sarebbe successo. E ora era lì, in quella capanna che profumava di pino, con il fuoco, e la bimba che comandava i lupi, e il corpo di lui, che aveva perso sangue per lei e che lei doveva accudire.

La mattina dopo Dartred bruciava di febbre. Haxen doveva assolutamente cercare qualcosa da mangiare. Lui doveva riprendersi. Anche la caccia aveva regole d'onore, ma l'assistenza a un ferito ne aveva di più importanti. Haxen avrebbe dovuto chiedere a sua figlia di costringere fino a lei, perché le uccidesse, una qualche creatura che fosse buona da mangiare.

Non c'erano alternative. Dartred aveva perso sangue e doveva combattere la febbre: aveva bisogno di carne per ricostruire la sua forza.

Fortunatamente non dovette fare la richiesta. Aprì la porta: i lupi erano lì e il più giovane consegnò ai suoi piedi un coniglio appena cacciato e ucciso. Lei ringraziò con un cenno del capo e i lupi, graziosamente, si dispersero nel bosco che circondava la capanna, restando però nei paraggi: ogni tanto ne intravedeva l'ombra grigia tra i tronchi. La bambina strega, principessa dei lupi, continuava a vegliare su di lei.

Scuoiò il coniglio, avrebbe poi usato la pelle per fabbricare un paio di calzari a Hania. Fece bollire la carne nella piccola pentola e costrinse il ferito a bere il brodo. Il resto lo mangiarono lei e Hania e quella parvenza di quotidianità rasserenò Haxen.

C'è una particolare intimità che si crea tra un ferito e la donna che lo sta accudendo. In quella capanna, le sembrò non troppo inferiore di quella che si crea tra uno sposo e una sposa.

PULIZIA, MANDRAGORA, SALIVA DI STREGA

Ħania non aveva idea di dove fossero i briganti. La mente degli uomini era impenetrabile alla sua. Aveva trovato però quella dei lupi. Ora erano al suo comando, silenziosi, forti, disposti a morire per lei: la loro mente segnalava ogni cosa e in quel momento tutto era tranquillo.

Sua madre e il guerriero si stavano evidentemente organizzando per seguire l'istinto alla riproduzione della specie. Tra i pavoni cerulei delle terre del sud, il maschio doveva a fare un giro attorno alla femmina per convincerla, mostrandole le penne della coda, simbolo della sua virilità. Il guerriero le penne della coda non ce le aveva e il simbolo di virilità che mostrava a sua madre era la spada. Tra i picchi cinerini dei boschi del nord, la femmina mostrava al maschio quanto fosse brava a fare un nido, così da fargli capire che avrebbe ben accudito la loro prole. Sua madre aveva dimostrato valore nel prendersi cura della capanna e della ferita, questo equivaleva alla fabbricazione del nido.

I due si sarebbero messi insieme e avrebbero prodotto un numero da stabilirsi di marmocchi, ognuno dei quali avrebbe a sua volta prodotto moccio, lacrime, escrementi, vomito, ancora moccio, e poi ancora moccio in quantità variabili, ma comunque sempre superiori al preventivato.

In compenso il guerriero avrebbe usato tutta la sua forza e il suo valore e la sua intelligenza, anche perché lui un pochino ne aveva, per proteggere tutta la comitiva, comitiva di cui faceva parte anche Hania. Quindi, per lei, che i due si accoppiassero era un guadagno.

Era bello essere ancora viva, e senza il guerriero sarebbe stato impensabile.

Il guerriero lo preferiva in piedi e in buona salute.

Aveva dato una mano a sua madre ad accendere il fuoco aumentando la temperatura all'interno del focolare, così che il calore riuscisse a propagarsi anche alla legna troppo fresca e la neve potesse fondere. Non aveva la potenza di accendere un fuoco da sola, ma di dare una mano dove era già acceso lo sapeva fare.

Quando sua madre crollò per il sonno e la stanchezza, Hania si alzò e si avvicinò al guerriero: non era solo addormentato, aveva proprio perso i sensi. Hania scostò con le piccole dita la fasciatura, riaprì la ferita e cercò con il polpastrello, per verificare che non ci fosse nulla a dare infezione. Pulire una ferita voleva dire pulirla: non bastava versarci dell'acqua sopra, bisognava anche essere certi che dentro non ci fosse nulla. Urtò contro un pezzo di stoffa, un minuscolo frammento della giubba del guerriero trascinata dentro di lui dalla punta della spada che lo aveva ferito. L'infezione, la cancrena, la morte nascevano da quelle piccole cose che finivano nascoste nella carne o, peggio, nelle ossa.

Hania tolse il brandello di tessuto sudicio, intriso di sangue, cercò nella tasca della sua veste l'ultimo pezzetto di mandragora, la testa, la parte più potente e preziosa, la masticò insieme ai fiori di arnica, sia per renderla una poltiglia, sia perché di nuovo la sua saliva era uno degli elementi della mistura, e la mise sulla ferita.

Un paio di giorni al massimo e quello lì sarebbe stato in piedi più forte di prima.

Non restava che augurarsi che i figli che prima o poi i due avrebbero prodotto fossero del tipo di bambino che piangeva poco e imparava a soffiarsi il naso già da molto piccolo.

❧

Un giorno passò. Il guerriero si riprese. I tre si rimisero in cammino. Le ombre leggere dei lupi li scortarono, stando sempre distanti, nascosti. Scesero dal pendio meridionale della montagna.

Dartred tirò fuori il suo arco e si preoccupò lui di procurare qualcosa da mangiare.

«Non ho mai avuto così tanta fortuna» commentò perplesso. «Sembra che le lepri lo facciano apposta a venirmi tra i piedi, i fagiani mi volano addosso».

Impiegarono due giorni per arrivare a valle. I lupi che li avevano scortati silenziosi li lasciarono. La neve finì. Cominciarono campi, vigne e fattorie.

I tre si accamparono vicino al ruscello, a poca distanza da Kaam, che era fatta tutta in mattoni rossi con grandi cicogne bianche che dormivano sui comignoli. Decisero di restare lì qualche giorno a mangiare coniglio e fagiano, riprendersi del tutto e meditare il da farsi.

Haxen dette fondo a tutta la sua capacità di cucitrice per fabbricare dei calzari a Hania. Li fece con le suole di pelliccia di coniglio e per il resto di velluto indaco imbottito di piume. Il risultato fu notevole.

Il luogo era idilliaco e, visto che nessuno stava cercando di ammazzarli, la conversazione cominciò a virare in direzioni pericolose.

«Ma questa bambina sta bene? È malata?» chiese il guerriero mentre preparavano il fuoco.

«Certo che sta bene, perché dovrebbe essere malata?» rispose Haxen.

«Non sorride mai. Non sorride assolutamente mai e ha sempre l'aria imbronciata» spiegò l'uomo.

«Be', ha freddo e ha fame. Perché mai dovrebbe sorridere? Quando si trova in un posto bello e ha pane fresco con burro sopra allora sorride. Ha un bel sorriso, anche» mentì spudoratamente la madre.

Hania sobbalzò. Doveva sorridere? Per sembrare la bambina normale di umani normali doveva sorridere? Forse, se non sorrideva mai, la gente l'avrebbe riconosciuta. Non doveva farsi riconoscere. Sapeva che la stavano cercando. Quindi doveva imparare a sorridere. Perché quella stolta della femmina che l'aveva generata non le aveva mai detto una cosa così ovvia?

Aprì la faccia in un largo sorriso, il più largo che riuscì a fare.

L'uomo la guardò di nuovo.

«E adesso perché digrigna i denti?» si informò sempre più perplesso.

La madre la guardò e poi alzò le spalle. Sospirò.

«È vissuta sempre in una casa dove c'erano dei cani» spiegò con un tono un po' annoiato, di quello che dice cose ovvie. «Ne imita tutto. Spesso un cane ringhia e ora lei sta imitando il cane che ringhia. I bambini imitano, ecco, certo».

Hania pensò che avrebbe dovuto allenarsi. Sorridere era meno facile di quanto pensasse.

Da quel momento, tutte le volte che non aveva niente di meglio da fare rubava il piccolo specchio della madre e cercava di imparare a sorridere. In effetti l'uomo non aveva torto: quello che aveva fatto era un ghigno. Sembrava più un lupo che mostrasse i denti. Peraltro le piaceva. Era bello mostrare i denti. Peccato non usasse che le bambine avessero quell'espressione. Doveva recitare, mentire: lei era ben capace di mentire. Se non lei, chi?

Decise di imparare per gradi. Osservò la donna quando sorrideva e cercò di memorizzare quali muscoli si muovevano e quali stavano fermi. Dopo qualche ora di allenamento riuscì a fare un sorriso. Era un sorriso, certo, ma mancava qualcosa. Aveva qualcosa di falso e di aggressivo. Meglio un falso sorriso che un ghigno autentico, ma doveva migliorare.

Finalmente capì. Per sorridere la femmina non usava solo i muscoli della bocca, ma anche quelli degli occhi. Se si usavano solo quelli della bocca, veniva un sorriso clamorosamente falso, di poco meno inquietante di un ghigno. Hania si sforzò di usare anche i muscoli intorno agli occhi, ma la cosa non funzionò. Il sorriso, per essere totale, aveva bisogno di un qualcosa su cui non si poteva mentire. Qualcosa che doveva nascere da dentro.

Finalmente giunsero in vista della città.

KAAM,
LA CITTÀ DELLE SPEZIE

ʜaxen avrebbe goduto di quei pochi giorni di quotidianità sulle rive di un torrente come di una benedizione. La bambina suonava il flauto, lei lavorava di ago, il sole splendeva tiepido, ma purtroppo i dubbi di Dartred cominciarono a diventare feroci.

«Questa bambina non cambia mai espressione» osservò l'uomo.

Non era vero. Il piccolo istrice di espressioni ne aveva tre. Broncio, la più frequente – sopracciglia corrucciate, labbra serrate: astiosa irritazione. Sospiro – guance ostentatamente gonfie, palpebre leggermente abbassate: astiosa esasperazione. Sorpresa – occhi spalancati e sopracciglia verso l'alto. La sorpresa era la migliore delle tre. Era quella più umanamente infantile, più infantilmente umana: se non più amichevole – che sarebbe stata una parola grossa – meno respingente.

«Questa bambina non sorride» rilanciò lui. «Ed è sempre imbronciata. E volete sapere quale potrebbe essere il motivo?»

Haxen lo sapeva benissimo quale fosse il motivo, non aveva nessun dubbio su quale fosse il motivo.

«Preferirei parlare di altro» disse sforzandosi di avere una voce altezzosa. L'unica speranza che aveva di bloccare la conversazione era rinchiudersi nel suo ruolo di principessa offesa.

«Preferireste parlare di altro? Pazienza, io ve ne parlo lo stesso» riprese Dartred. Era uno che non mollava. «Signora, è una bambina molto buona» continuò, perorando la causa di Hania. «Non fa mai capricci. La sua voce non si sente mai».

«La bambina è muta» balbettò Haxen.

«Perdonate, Signora, ma non è possibile. I bambini muti sono muti perché in realtà sono sordi e, se non la sentono, non possono imparare la parola. Ma Hania ha un udito perfetto. Lei semplicemente non parla. Forse è atterrita dalla vostra mancanza di approvazione. Suona il flauto benissimo. È piena di doti, oltre al fatto di somigliarvi. E voi siete sempre così dura con lei. Signora, credetemi, ho avuto due fratelli minori a casa mia da tirare su, so di cosa parlo. La bambina non sorride perché voi non le sorridete mai».

Haxen cercò di fare una faccia annoiata, ma l'altro era un ostinato.

«Questa bambina non sorride perché voi non la prendete mai in braccio, non le sorridete mai, cercate di evitare di toccarla. Non vi ho mai sentito raccontarle una fiaba o cantarle una ninnananna. Il massimo che fate è qualche racconto del Cavaliere di Luce. Lo ricordo anche io: erano storie che narrava vostro padre, ma in nome del Cielo, non a una bambina di tre anni. Sono un tripudio di morti ammazzati, quelle storie».

Haxen lo fissò senza trovare niente da rispondere. Era stata Hania stessa a imporle quella maniera di fare, non c'erano altre possibilità. Quando lei teneva la distanza, evitava il contatto e l'intimità, anche solo quella degli sguardi, Hania stava meglio e tutto diventava un po' più facile. Certo, era una maniera folle di trattare una bambina, ma non c'erano alternative. La disapprovazione da sempre la seguiva, per come lei trattava Hania. Se ne era quasi dimenticata.

«Questa bambina vi somiglia moltissimo» riprese Dartred. «E ha circa tre anni. Tre anni fa, me lo ricordo bene perché vi ho vista spesso, eravate sempre a cavallo. E anche le poche volte in cui vi ho visto senza cavallo, non portavate una gravidanza, quindi non è figlia vostra».

«Come osate?»

«Se non è figlia vostra, con quella somiglianza non può che essere vostra sorella. Quindi l'unica spiegazione a quello che sta succedendo è che vostra madre, tre anni fa, abbia avuto un figlio, che è una cosa che può capitare a una donna vedova da anni, per un amante, per una violenza, non lo so e nemmeno mi interessa. Ma questa bambina, comunque sia nata, è comunque vostra sorella, ha diritto a una madre, alla sicurezza di una casa. Per evitare lo scandalo deduco che la state accompagnando verso sud, così da allontanarla dalla reggia, dagli occhi e dalle chiacchiere, esponendo la vostra vita e la sua a rischi folli. Perché una facciata di decenza sia salvata, la vera decenza, che si protegga la vita dei bambini, è stata buttata al vento. Che i bambini non siano odiati è la decenza minima. Voi questa bambina la odiate e state ogni giorno rischiando di buttare via la sua vita. Perdonatemi Signora, ma quello che state facendo è orrendo. State rischiando la vostra vita, vostro diritto, e quella di una innocente per evitare la disapprovazione degli stolti. E poi, perdonatemi sempre, ci sono un mucchio di maniere per far vivere una bimba al sicuro senza specificarne ad alta voce i natali. Voi penserete che non sono affari miei».

«Avete ragione» disse Haxen «Non sono affari vostri. Bene signore, io ho salvato la vostra vita, quando siete finito in una cella. Se voi volete continuare a proteggere la mia fatelo, altrimenti allontanatevi. Sono certa che riuscirò anche da sola».

«Voi avete salvato la mia vita e io ho salvato la vostra e siamo pari. Da sola aumentereste il rischio per voi e anche quello per la bambina, e questo non posso tollerarlo. Quindi continuerò a seguirvi, fino al momento in cui finalmente mi direte che siete al sicuro e con molta gioia potrò lasciarvi».

In quell'istante Haxen vide negli occhi di lui la delusione, una delusione profonda, assoluta, che arrivava fino al disprezzo. Lo lesse nel suo sguardo e fu l'ultima volta che lo incrociò.

Da quel momento lui non le parlò più. Quando ripresero la marcia, lui camminò sempre davanti a lei, voltandole le spalle, così da non guardarla, così da non vederla. Spesso si occupava lui di Hania, prendendola in braccio quando era stanca.

La sua ferita era guarita completamente, con una rapidità incredibile. Haxen non era stupida e qualche ferita in vita sua l'aveva vista. Era evidente che in quella guarigione, come in quella del carrettiere, c'era la mano di sua figlia. Questo sarebbe stato un altro punto per lei, nella sua partita a scacchi. La bambina curava i feriti e i malati: aveva catturato due pedoni sulla scacchiera.

Hania non aveva nessuna difficoltà a farsi prendere in braccio da Dartred e mostrava anche un certo piacere. Era una bambina estremamente forte, ma comunque sempre con la forma di una bambina di tre anni con le gambe di una bambina di tre anni: si stancava nei percorsi lunghi. Di Dartred, Hania non evitava lo sguardo come faceva invece con la madre.

Tre punti per l'Oscuro Signore, Haxen doveva riconoscerlo. Aveva messo nel cervello della bambina l'orrore di essere toccata da lei. Questo l'aveva quasi uccisa, nei primi mesi di vita. Era sopravvissuta a stento.

E ora che i problemi sembravano risolti, la maniera scostante in cui lei era costretta a trattarla le attirava addosso una continua pioggia di ostile disapprovazione. Una disapprovazione fastidiosa e continua, ma modesta fino a quando il ruolo era stato quello di un fratello maggiore sconvolto dalla recente morte dei genitori, con l'unica alternativa di un pericoloso viaggio. I fratelli non sono molto affettuosi nei confronti delle sorelline, possono anche non esserlo. Ora lei era nel ruolo di una sorella maggiore astiosa che stava trascinando la bambina più piccola verso il rischio e verso il disastro per puro rispetto di una qualche convenzione. L'azione che Dartred aveva sospettato era, in effetti, un'azione criminale: esporre la sua sorella piccola a rischi e sofferenze enormi, sottrarla a una reggia calda e comoda, solo perché qualche malelingua non avesse nulla da dire. Come poteva disapprovarlo per il suo disprezzo? Poteva solo soffrirne. Tre punti per l'Oscuro Signore. Nella sua partita a scacchi lei aveva perso in un colpo solo la torre e l'alfiere, e anche il cavallo: il cavaliere era rimasto appiedato, imprigionato da una inviolabile solitudine.

⚭

Entrarono nella città di Kaam, fatta di archi e mattoni rossi. Era la città più meridionale del piccolo regno, fuori dal passo della Porta del Cielo. Apparteneva ancora al regno delle Sette Cime, ma ne era, come il deserto, la propaggine meridionale, quella che per prima veniva invasa. In tutte le guerre – quella "della Peste", quella "dei Due Inverni" – l'esercito delle Sette Cime era riuscito a fermare le aggressioni alla Porta del Cielo. Il deserto e la città venivano puntualmente invase. Poi alla vittoria finale li ricuperavano, li ripulivano, ricostruivano quello che c'era da ricostruire, si scusavano dell'inconveniente e facevano grandi discorsi sul fatto che erano tutti fratelli, ma a quelli che vivevano a sud dei due picchi Althion e Althios, sempre rimaneva l'impressione di essere fratelli di qualità inferiore. Certo, non era colpa di nessuno se loro erano fuori dalla linea difensiva costituita dalle montagne, la forma della terra era fatta così, però loro quella sensazione di essere fuori ce l'avevano sempre. Quindi, laggiù era tutto più confuso, quelle terre erano un po' simili ai regni corrotti che ogni tanto li invadevano.

Come in tutte le città carovaniere, ovunque c'era un travolgente profumo di spezie. La città era quasi violenta per i colori, gli odori, le voci, la presenza inquietante dei cammelli, i giardini da cui uscivano foglie enormi di piante mai viste. Era il luogo dove si incontravano i mercanti delle regioni settentrionali con quelli che arrivavano da quelle meridionali. La città era fatta di strette strade che si aprivano in piccole piazze che, tutte, erano mercati. Per terra si disponevano coloratissimi teli e sui teli in ordinati mucchietti stavano capperi seccati, vaniglia, cannella, polvere di zafferano, grani di senape. Era un luogo di profumi.

Haxen aveva ancora parecchie monete, comprò uva passa e fichi secchi per tutti e scoprì che Hania ne andava matta. Evidentemente l'Oscuro Signore aveva messo nella mente e nel corpo di Hania la repulsione per i cibi ovvi, quelli che certamente lei avrebbe dato alla bambina: Hania, nel suo disegno avrebbe dovuto morire di fame nei primi mesi di vita. Non si era preso il disturbo di creare ripugnanza per quelli assurdi, ratto crudo, pipistrello crudo, salsiccia al peperoncino, che mai nessuna persona ragionevole avrebbe somministrato a un bimbo piccolo, e nemmeno per quelli che semplicemente non facevano parte delle abitudini del regno perché appartenevano ad altre terre.

A Hania piacevano i fichi secchi, le mandorle, l'uvetta passa: se ne riempiva la bocca, come un bambino normale. Haxen avrebbe stretto i denti. La partita a scacchi continuava. Un punto per l'altro, un punto solo, non tre. L'altro era in vantaggio, lo riconosceva, ma si era visto spesso che una partita data per persa alla fine poteva essere salvata.

LA TRAPPOLA

Entrarono nella città di Kaam dalla grande porta. La città era circondata da un fossato con sopra un bizzarro ponte levatoio, fatto di assi tenute da corde.

La porta era costituita da un grande arco, carico di rampicanti. Immediatamente alla sua destra, lo spiazzo con il patibolo, la gogna e la forca. Nessun impiccato pendeva e la gogna non ospitava nessuno: un momento di pace.

Mentre avanzava per le viuzze strette con la bocca e le tasche piene di uvetta passa, Hania sentiva la città, la vedeva, la conosceva, la misurava, ogni suo senso era impegnato nella conoscenza.

La sua mente sentì i ratti, nei sotterranei, che con i loro occhi le trasmisero tutta la fantastica topografia del luogo. Hania si rese conto che Kaam si ergeva sul suo doppio: fu la mente dei topi a darle quella bizzarra informazione. In realtà c'erano due città: una splendeva sotto il sole e l'altra, nascosta, sotterranea, era incuneata tra la prima e il cuore della terra. Al di sotto delle strade, dei palazzi, degli ordinati piccoli giardini c'era una serie di cisterne, canali, cunicoli, acquedotti e cloache.

Kaam era una città carovaniera: tutto si basava sull'acqua, sulla necessità di averne, sempre, per poterla vendere, perché ognuno potesse avere il suo carico a separarlo dalla morte. Ogni minuscolo torrente, ogni ruscello delle vicine montagne era stato, nel passato, convogliato in enormi cisterne sotterranee, che con il tempo erano state sostituite da un sistema di acquedotti fatti da arcate sovrapposte. L'acqua scorreva in lindi canali e zampillava quindi dall'alto, da aperture prestabilite, creando iridescenze e facendo girare le pale dei mulini che macinavano il grano.

Le cisterne erano state dimenticate e, con loro, era stato dimenticato il dedalo di canali, cunicoli e cloache che costituiva la città nascosta, patria dei topi, piena di passaggi ignorati e insospettate aperture.

Kaam era una città piena di ricchezze, fornita di una infinita popolazione di sorci.

Era presumibile che gli abitanti avrebbero accettato di rinunciare a una piccola quantità delle prime pur di liberarsi dai secondi. Hania avrebbe potuto guadagnare monete che poi sua madre avrebbe scambiato con uvetta passa, mandorle e noci. Avrebbe potuto vivere al riparo dalla fame, dal freddo, era un bel posto e poi le piaceva il rosso dei suoi mattoni, la montagna verde che dominava la città a nord, la terra riarsa che cominciava a sud.

La sua mente cercò quella delle tortore, che a centinaia volavano sulla città, alloggiate nelle piccionaie a torre che ovunque si alzavano.

Kaam era una città fatta da una collina. Le mura erano

in basso, il centro in alto. Le sue strade erano in realtà scale con i gradini lunghi e bassi, così da essere praticabili anche per i cavalli. Vista dall'alto Kaam aveva una forma a cerchi concentrici e, al centro di tutto e al di sopra di tutto, stava una grande piazza con un ciclopico pozzo. Era una città nata sotto un sole implacabile che si apriva ovunque nella frescura di piccoli giardini e fontane: una città confortevole per chi cercasse riposo e ristoro.

Gli archi degli acquedotti erano anche passaggi per i topi, i gatti, i ladri, chiunque avesse urgenza di spostarsi da un cerchio all'altro. Era una città confortevole per chiunque volesse non farsi vedere, non farsi trovare. La mente dei cavalli su cui stavano gli armigeri di guardia la informò di quattro piccole porte di accesso, normalmente chiuse, e di dove erano la prigione e il palazzo del governatore.

๛

Mentre avanzava nelle stradine strette, Hania sentì improvvisamente il respiro rattrappirsi. La sua mente cercò i cavalli, cercò le tortore, cercò l'esercito di sorci, ma non trovò nulla, non poteva più andare da nessuna parte: era ingabbiata, come fosse stata imprigionata. Urtava contro pareti e ne veniva respinta. Per la prima volta in vita sua Hania sbatteva dolorosamente contro barriere che rinchiudevano la sua mente, una cella in cui si trovava e che diventava sempre più piccola, si raggrumava su di lei, levandole anche il fiato per respirare.

La paura la travolse, una paura totale, assoluta, come non aveva mai provato, nemmeno quando aveva dovuto fare i conti con la sua impotenza di neonata, che non era nulla rispetto a quella che provava in quel momento. La paura divenne dolore.

Non aveva più nessun potere, nemmeno quello di reggersi in piedi, le sue gambe stavano cedendo. Si trovò a gattonare, come un vero, qualsiasi bambino di un anno, fino a quando l'uomo non la prese in braccio.

«È stanca» disse lui. Ma la sua non era stanchezza. Era qualcosa di ignoto e terribile. Quel luogo era una trappola, una trappola per lei, un posto dove lei perdeva ogni forza e potere. Un posto fatto per ucciderla.

L'uomo la prese in braccio e continuò ad avanzare nella stessa stradina e a ogni passo Hania stava peggio e si rese conto che c'era qualcosa di velenoso per lei, in quella direzione, qualcosa a cui si stavano avvicinando. Finalmente sbucarono nella piazza principale, sotto un cielo azzurro, pieno del volo delle tortore. Di fronte a loro c'era un pozzo chiuso con una grossa lastra di rame e, posati su quella lastra, stavano secchi e secchi pieni di qualcosa che sembrava acqua e scintillava sotto il sole.

«La bambina sta male» disse finalmente la madre. «Non è solo stanca, sta male. Allontaniamoci, portiamola dove ci sono i giardini e le fontane».

Non appena cominciarono a scendere allontanandosi dal pozzo maledetto Hania si riprese, si divincolò e una volta che ebbe i piedi per terra cominciò a correre verso il basso, via dal veleno, via da quel pozzo.

Corse, ma aveva i calzari nuovi, inciampò, cadde, rotolò giù per le scale.

Si rialzò, cercò di correre di nuovo e di nuovo cadde. Dartred arrivò su di lei per primo, la prese in braccio e la portò alla fontana con il lavatoio, in basso, vicino alla forca.

Cominciò a lavarle le manine sbucciate e, per non bagnarle le vesti, le rimboccò le maniche.

Sul polso sinistro, violenta come un marchio fatto con il fuoco, stava l'immagine della meteora rossastra.

«Sembra una medusa» mormorò l'uomo.

Anche la madre era arrivata.

Si rese evidentemente conto che lui aveva scoperto il segreto, ma non capì la battuta.

«Che cosa?» chiese.

«Sono creature maligne che vivono nell'acqua infinita e salata dall'altra parte dei deserti» spiegò lui. «Basta toccarle per avere il fuoco nella pelle, un fuoco che dura giorni. Possono anche uccidere. Corre voce, e non so da dove sia saltata fuori, che l'Oscuro Signore abbia concepito un figlio nel ventre di una donna del nostro regno, un paio di anni fa, in quella notte infernale in cui il cielo è stato segnato dal rosso… dicono che il neonato avrà sul polso sinistro il marchio con la forma di una delle orride meteore che hanno afflitto il cielo quella notte».

«È una sciocca superstizione» riuscì a mormorare Haxen. Non sapeva mentire. La sua voce esitò. «Una di quelle storie senza senso che nascono nel popolino quando le cose vanno male e la miseria supera la soglia del tollerabile» rincarò.

L'uomo si alzò in piedi e la fermò con la mano, perché non ci fossero altre parole. Forse non voleva che lei mentisse, che lei profanasse con altre menzogne la sua anima di cavaliere. Poi però scosse la testa.

«Non può essere. Il bambino dovrebbe avere circa un anno, lei ne ha almeno tre».

In quel momento scoppiò un tafferuglio. Una donna con un bambino in braccio cercava anche lei di scappare, di correre fuori dalla grande porta, via da quella città di mattoni rossi e rampicanti e tortore, che in realtà era un luogo di pericolo, forse di morte.

«Fermatela» urlò qualcuno. «Il bambino di quella donna ha un marchio sul polso. È una delle stelle rosse».

«Una delle meteore».

«No» urlò la donna. «Si è bruciato. È il segno del pomo sul manico dell'attizzatoio. Era finito dentro il camino e mentre lo prendevo gli è caduto addosso. Gli ha sfiorato il polso ed è rimasto il marchio».

La folla continuò a rumoreggiare, come una marea infuriata. La donna, una povera contadina, non riuscì a fuggire. Uomini armati la presero, lei strinse più forte il bambino.

Qualche svogliato calabrone, un paio di pipistrelli, uno sparuto gruppo di vespe e un timido drappello di topi si abbatterono sugli alabardieri, che erano molti, armati, protetti dalle armature e non mollarono la presa. La mente di Hania zoppicava. Era tutto quello che era riuscita a fare e risultò essere una pessima idea. Quei pochi, inutili mezzi che aveva cercato di mobilitare furono intesi come un'ulteriore e definitiva prova della colpevolezza della contadina e della sua creatura, del patto esistente, se non della parentela, con il Signore che, oltre che le Tenebre, evidentemente governava anche le creature che intralciano l'uomo sulla via della letizia.

«Se il mio bambino aveva dei poteri,» disse la donna «adesso li usava, no? Vi faceva a pezzi».

«Non siamo così stupidi donna. Abbiamo sparso ovunque Acqua Sacra: ogni creatura demoniaca qui è impotente. E priva di ogni forza» le risposero e, in quell'istante, portati da strani paggi vestiti di scarlatto, comparvero i secchi che avevano visto in alto. Alcuni furono rovesciati per terra.

Quindi era questo. Acqua Sacra. Sua madre capì. Prese in braccio Hania prima che il liquido le arrivasse sui piedi, e fu una fortuna, perché lei stava già barcollando e da un istante all'altro sarebbe crollata per terra, come un ammasso di stracci. Quella roba poteva ucciderla, renderla impotente fino a levarle anche la potenza del respiro e quella del battito del cuore.

«Uccideteli subito, uccidete il bambino. Uccidete la madre: è una complice. Una complice della nostra perdizione».

«Non devono farlo» disse Haxen. «Sono innocenti. Uccidendoli il mondo perderà la sua innocenza».

«Lo so» disse l'uomo.

«Non deve succedere».

«Lo so, ho capito. Basta dirmele una volta le cose, e comunque ci ero arrivato anche da solo».

Dartred indicò Hania con la mano.

«E lei vero?» chiese.

La madre annuì.

«E il suo essere così grande è perché lei è…»

Cosa fosse lei non fu detto, la frase restò in sospeso. La madre annuì di nuovo.

«Ed è vostra figlia».

«Sì, è mia. Sono io. La sto portando a sud. Nel deserto c'è una valle, la Valle degli Zampilli, dove vivono eremiti e dove…»

Anche quella frase restò in sospeso. Hania non avrebbe saputo cosa altro succedeva nella Valle degli Zampilli oltre all'inutile esistenza di qualche vecchietto solitario.

In quel momento si distrasse a pensare un pensiero buffo. Perché lei non sapeva nulla dell'Acqua Sacra? Nel novero delle sue sterminate conoscenze stavano nozioni di utilità opinabile, come l'itinerario di galassie talmente lontane che non erano nemmeno nel firmamento che lei vedeva, e non c'era nulla su una cosa che per lei era un pericolo assoluto.

«Certo. La portate a sud perché non possa nuocere e perché nessuno possa farle del male, perché è comunque una bambina e, se qualcuno le facesse del male, il mondo perderebbe la sua innocenza. Quindi è questa la maledetta trappola che l'Oscuro Signore ha teso. Per questo la bambina non sorride, non parla, non emette suoni. Però in qualcosa l'Oscuro Signore ha fallito. Oppure siete voi che avete vinto, perché la bimba ispira una certa simpatia, è scontrosa e scostante, ma non odiosa. E voi avete salvato la vita della bambina, avete impedito che morisse».

A ogni frase la madre assentiva.

«Quindi siete stata voi colei che l'Oscuro Signore ha prescelto. Certo. Chi altri? Siete la figlia di un uomo e di una donna giusti, di un uomo e di una donna che si amavano. Vostro padre si è battuto per la giustizia con energia ed efficacia e vostra madre anche, sia pure senza grandi risultati, resa debole dal dolore della vedovanza. Voi avete la rettitudine di entrambi e soprattutto il coraggio di vostro padre. Era quello che l'Oscuro Signore voleva trascinare nel fango, perché il colpo fosse più forte, e invece è stata una fortuna che abbia scelto voi. Ha scelto l'unica persona che può fare fallire il suo piano. Il suo piano fallirà. Voi siete la Principessa, quello che resta del regno. Siete l'onore di questo popolo, la sua anima, la sua speranza. Mi scuso di avere dubitato di voi. Io resto per i due innocenti. Se non ne esco vivo, voi andate avanti senza di me e vincete. Il Cielo protegga i vostri passi, Principessa. Io non so se ne ho ancora molti. Che protegga i vostri, quindi».

Hania era indignata. Di nuovo l'imbecillità vinceva, decollava, raggiungeva vette inaspettate. Perché? Potevano farcela. Potevano scappare loro tre, mentre tutti gli altri erano distratti con la donna e il suo bambino.

Prima o poi sarebbero tornati, avrebbero localizzato le tombe dei due e ci avrebbero messo dei fiori sopra, in segno di scuse e di ringraziamento.

Persino Hania aveva provato un barlume di dispiacere: qualsiasi cosa riguardasse un bambino risuonava dentro di lei, era come una specie di fedeltà di categoria, e aveva anche fatto un tentativo, con la sua mente azzoppata e indebolita, di dare una mano con qualche bestiola poco convinta.

Ma rischiare la vita, la loro e soprattutto la sua, era un'impresa balzana e irresponsabile.

Tra l'altro non c'era nessuna possibilità di salvare quei due. La possibilità, invece, c'era, forte e robusta come una pianta di cetriolo in piena estate, di farsi ammazzare anche loro. Hania doveva scappare, doveva andarsene.

Haxen cominciò a dire qualcosa. Dartred le fece cenno di tacere. Stava pensando.

«Ascoltate» disse infine. «Adesso mi sposto sulla forca, mi unisco a quelli che la stanno per impiccare e poi… e poi… e poi cercherò di buttare la donna con il bambino e me stesso sul cavallo del primo armigero sulla destra. Quel magnifico baio. Può portare il peso, è al posto giusto e il tizio che gli sta sopra ha la faccia abbastanza da scemo. Ha la faccia di quello che si fa buttare per terra e rubare il cavallo. Dovrebbe andare. Potrei farcela. Se per caso ne usciamo tutti vivi, ci rivediamo nella Valle degli Zampilli. Se non ne usciamo tutti vivi ci incontreremo poi in una valle più bella e più verde di quella degli Zampilli. Voi prendete la bambina e uscite dalla città, subito. Non allontanatevi, però, restate vicino alla porta. Se non arrivo, allora andate via e senza voltarvi indietro. Siate prudente e veloce. Non sono in grado di dare una seconda possibilità. Tenete» disse Dartred levandosi un medaglione dal collo e consegnandolo a Haxen: era una specie di moneta di bronzo attaccata a un legaccio di cuoio. «Questi erano i miei gradi quando sono stato nei mercenari. Tenetelo voi».

Dartred le guardò un ultimo istante, poi si girò e raggiunse la forca.

Haxen e Hania si avviarono a passi veloci verso l'esterno di quella città maledetta. Superarono la porta, poi il ponte levatoio e, alla fine, sotto i loro piedi ci fu la terra della strada. Lì si fermarono. Il clamore alle loro spalle esplose.

Alla fine, sotto la grande porta comparve un cavallo: era il grande cavallo baio dell'armigero con la faccia da deficiente. Sopra c'erano, nell'ordine: il marmocchio in braccio alla madre, la madre con in braccio il marmocchio, il guerriero. La donna aveva la faccia terrorizzata ed era evidente che non sapeva andare a cavallo. Dartred la reggeva tra le sue braccia, tenendo le redini, così da impedire che cadesse. Il cavallo era un gran bel cavallo, quasi bello come quello che avevano avuto all'inizio. Il guerriero si fermò di fianco a loro, scese di sella, tenne le redini con una mano, con l'altra prese per un braccio

Haxen e l'aiutò a montare, poi mise Hania tra lei e l'altra donna.

«Tieniti forte al collo del cavallo e non avere paura» disse alla donna. «Ce la farete. Tu davanti, voi, Signora, dietro e Hania tra voi due. Due donne e due bambini piccoli, il cavallo ce la può fare. Fatelo riposare e ce la farà».

«E voi?» chiese la donna.

«Io li fermo, altrimenti non andate lontano».

Guardò un istante Haxen.

«Non sa cavalcare. Fate attenzione» si limitò a dire indicando con il mento l'altra madre. Poi dette una manata sul cavallo che partì a un galoppo tranquillo, che permettesse all'altra donna di restare in sella.

Hania si girò a guardare. Il guerriero con l'ascia aveva tranciato le corde del ponte levatoio. Le due assi più esterne caddero. Il ponte era molto più stretto e il guerriero si mise in testa al ponte con la sua spada nelle mani. Gli aggressori potevano arrivargli addosso solo uno o due alla volta. Avrebbe guadagnato tempo, certo, molto tempo, ma prima o poi avrebbe dovuto cedere. E la sua vita sarebbe finita.

❧

Traversarono campi ordinati, oliveti si alternavano ai filari delle viti. La spada di Haxen continuava a urtare lei e Hania a ogni sussulto del cavallo. Haxen se la tolse e la infilò in una doppia asola di cuoio, una specie di occhiello sulla sella, evidentemente fatto apposta per appoggiarvi le armi durante gli spostamenti.

Le redini le teneva lei, così da sorreggere tra le braccia il corpo dell'altra donna, aiutandola a restare a cavallo.

L'altra teneva il bambino, Hania era tra sua madre e l'altra donna.

Finalmente furono in un enorme, fitto bosco. Il cavallo non ne poteva più. Vicino a un ruscello Haxen si fermò. Forse era scossa per aver perso il guerriero, o forse era stata Hania che doveva aver sottovalutato la stupidità di sua madre. Haxen scese da cavallo per prima, e, cosa gravissima, non tenne una mano sulle redini. Poi fece scendere anche Hania che, lei, la presa non voleva mollarla e fece anche un tentativo di prendere le redini, ma sua madre, il genio, la tirò giù di forza.

«Dobbiamo far riprendere fiato al cavallo, scendete, qui siamo al sicuro» disse Haxen gentilmente alla contadina. «Dovete scendere».

«Col cavolo che scendo» rispose l'altra, evidentemente la meno stupida delle due. «E poi senza di te vado più presto. Quello lì ti ha chiamato "signora". Sei femmina e anche di sangue alto. Quelle come te se la cavano sempre» aggiunse e spronò il cavallo, stando con un braccio attaccata al suo collo, mentre con l'altro teneva il figlio.

Per una che cavalcava per la prima volta, non se la cavò male. Non molto elegante il suo stile di equitazione, ma comunque fu sufficiente perché lei si mettesse in salvo lasciando Haxen e Hania a fronteggiare un pericolo mortale e a meditare con solerzia e attenzione sulle insospettabili conclusioni cui spesso conducevano la generosità, la bontà, l'altruismo, la tendenza a non farsi i fatti propri.

L'ultima cosa che videro, prima che scomparissero tutti dietro la curva del sentiero, fu il deretano del cavallo.

La mente di Hania cercò disperatamente quella del baio, ma era ancora azzoppata e frastornata: l'ordine di fermarsi riuscì solo a rallentarlo e fu un ulteriore vantaggio per la contadina, che così riuscì a restare in sella.

E questo era il secondo cavallo che, grazie al genio di sua madre, si perdeva nel nulla nel momento in cui ce n'era più bisogno. In compenso avevano salvato l'onore del mondo sottraendo alla morte per impiccagione la contadina e il suo moccioso. E non è che la contadina si fosse sprofondata in ringraziamenti. E neanche nella lealtà si era sprofondata. Evidentemente l'onore del mondo non doveva essere uno dei suoi interessi principali.

Ora, spariti i due, ormai scomparsi nel verde insieme al deretano del cavallo, restavano Hania e sua madre a fare le candidate alla forca. E, come se non bastasse, per salvare quella lì e il suo moccioso ci avevano rimesso il guerriero, forse morto, forse solo catturato, per essere ammazzato poi con comodo con collettivo divertimento.

Non era solo che il guerriero serviva alla preziosa sopravvivenza di Hania e alla sua altrettanto importante incolumità. Era che, in un certo senso, a Hania era simpatico. Senza esagerare, ma, insomma le dispiaceva che morisse.

E poi, morendo lasciava sola sua madre, che era un'oca. Sua madre – il cavaliere, la figlia del re, il combattente addestrato – si era fatta fregare il cavallo da una contadina che cavalcava per la prima volta.

Adesso erano a piedi in un dannato bosco e, prima o poi, il guerriero sarebbe stato travolto e tutti gli inseguitori, visto che la contadina con il moccioso avevano tolto il disturbo, sarebbero venuti a presentare il conto a loro. In più c'era il particolare che, prima o poi, qualcuno avrebbe scoperto il marchio sul polso di Hania.

La bambina sembrava più grande, certo, ma niente funziona per sempre. Quindi ora il suo collo e il suo eventuale incontro con la corda di una forca era sempre più incerto, anzi, peggio, oscillava sul "prima o poi", un evento che si può rimandare una volta e scansare la seconda, ma che prima o poi ti abbranca. Il suo collo che fino al mattino era stato al sicuro e che al sicuro sarebbe rimasto se il destino della contadina fosse stato considerato un problema suo, ora era all'arbitrio del caso.

La scema la guardò con gli occhi pieni di lacrime, che inghiottì.

«Non preoccuparti, ti porto in salvo io» riuscì a dire con voce forte e chiara.

La sua salvezza era affidata solo alla scema? Il momento di preoccuparsi era finito, ora il momento era di essere terrorizzata.

ΩΘ

Haxen e Hania vagarono nel bosco.

«Ci orientiamo con il sole» disse Haxen. «Dobbiamo andare a sud».

Il sole non c'era, perché attraverso le fronde degli alberi non ci passava. L'orientamento di Hania era basato sulla conoscenza delle mappe e dove non c'erano strade lei si perdeva. In fondo aveva un anno. Incrociarono un grosso albero cavo con dentro un termitaio. Alla seconda volta che se lo trovarono davanti, fu evidente che giravano in tondo. Allora Haxen decise di controllare il muschio sul tronco degli alberi, che, spiegò, cresce solo sulla parte settentrionale, quindi per trovare il sud bisognava andare in quella opposta. In realtà il muschio o non c'era per nulla, o stava su tutto il tronco e, così, passarono per la terza volta vicino all'albero cavo con il termitaio.

Alla quarta volta che gli passarono vicino trovarono compagnia. Gli armigeri che il guerriero aveva fermato a costo di se stesso, alla fine erano arrivati.

«Vi abbiamo ritrovato» disse il capo. «Dove sono la strega e suo figlio? Perché li avete fatti scappare? Pagherete voi al loro posto. Non c'è il vostro amichetto ad aiutarvi adesso, quello piuttosto grosso. Ci abbiamo messo un po' di tempo, ma alla fine lo abbiamo fermato».

Istintivamente Haxen mise la mano destra all'elsa della spada, e la mano annaspò scioccamente nel nulla, perché la spada non c'era. La contadina, oltre che con il cavallo si ritrovava anche con la spada. Geniale. Evidentemente tra le regole del Cavaliere di Luce non c'era quella che il cavallo non si molla mai e l'arma meno che meno. Anche perché l'arma, se non la si ha, ci si trova disarmati. Appunto. E un cavaliere disarmato non è un cavaliere, ma solo un tizio piuttosto ridicolo particolarmente ricco di imbecillità e belle intenzioni. Un cavaliere disarmato è una contraddizione in termini.

Quindi, eccole lì: una mocciosa che sembrava avesse tre anni e invece aveva dodici mesi e una donna giovane, molto bella e molto disarmata, malamente travestita da maschio, in mezzo a un bosco, con quattro armigeri furiosi, che prima o poi si sarebbero accorti che sua madre era femmina e che lei aveva un marchio sul polso.

La mente di Hania cercò disperatamente una soluzione, una fuga, e si mise a correre in tutte le direzioni, perché ormai il veleno che aveva respirato si era dissolto e la sua mente era di nuovo in grado di correre, e corse e corse fino a che si scontrò con quella dell'orso. Il bosco ospitava gli orsi. E quello che aveva incontrato era uno dei più grossi maschi della regione. Hania sospirò di sollievo. Non ebbe bisogno di fare nessun gesto, nessun richiamo. La sua mente bastava per il richiamo.

A mano a mano che l'orso si avvicinava, ne calcolò la velocità. Doveva inventare un diversivo, così da dare tempo all'orso di arrivare. Cercò di farsi venire in mente qualcosa. Le venne in mente la danza. Si ricordò di come tutti avevano guardato la bambina nella piazza di Baar.

Tirò fuori il flauto e si mise lei a fare passi di danza, piroettando tra i tronchi. Incluse anche qualche piccola acrobazia.

«Ma che accidenti fa?» domandarono un paio di voci.

Hania ricordò che le piaceva moltissimo. La musica la accompagnava. I suoi piedini scivolavano sul suolo, nell'aria.

Contrariamente a quando aveva suonato sull'aia davanti ai carrettieri, questa volta non imitò la danza e la musica della bambina con l'orso, ma, per la prima volta in vita sua, inventò nuove note, una nuova melodia, una nuova danza. Una sensazione irresistibile. Forse era "essere brava". Non sapeva quanto fosse gradevole guardarla, ma sicuramente era divertentissimo per lei fare quei movimenti. Un divertimento che diventava vertigine. Nel movimento, la memoria piacevolmente si perdeva. Persino il pericolo di quegli istanti non era più importante.

Hania non seppe mai se gli altri erano stati abbacinati dalla sua grazia o semplicemente allibiti per l'assurdità di tutta la scena.

Comunque funzionò. Si fermarono ad aspettare.

Errore gravissimo: la prima regola della tattica militare prescrive: quando sei in vantaggio, attacca, perché non è detto che la tua posizione di predominanza duri in eterno.

Loro non la rispettarono, e la tattica militare è un'amante astiosa che si fa pagare molto cara qualsiasi distrazione e tradimento.

Finalmente l'orso fu lì.

La bambina alzò il viso: l'orso era di fianco a lei. Si era avvicinato silenzioso con il passo attutito dalle foglie che ricoprivano il suolo. I suoi occhi cercarono i suoi. La fissarono e poi eseguì l'ordine, fece un unico passo di danza con lei, poi si scagliò contro gli armigeri.

Hania sentì la potenza, sentì la forza.

Poi si girò e insieme a sua madre cominciò a correre.

Corsero più in fretta che poterono.

✑✑

Hania cadde: una caduta rovinosa in mezzo ai cespugli di more. Rotolò disastrosamente tra i rovi. La sua veste sudicia e lacera divenne ancora più sudicia e lacera. Le sue ginocchia già scorticate lo furono di più. Il sangue colò. Le mosche aumentarono il ronzio nell'aria calda, sulla terra arida, su cui ora brillavano le gocce scure e rosse. Perdeva talmente tanto sangue che lasciava una traccia. Non doveva lasciare una traccia. Era già fin troppo facile trovarla.

Lei doveva salvarsi.

Non voleva morire, sapeva cosa era la morte.

Sapeva anche che cosa era il dolore. Non voleva il dolore. Non voleva la corda sul collo, la faccia gonfia, bluastra, gli occhi che sembravano schizzare fuori, la bocca che si apriva e si chiudeva, mordendo l'aria, un gesto inutile, nella faccia sempre più gonfia, sempre più scura. Era una morte lenta. Lunga e lenta. Faceva un male porco.

La sua mente funzionava di nuovo. Cercò quella degli uccelli e vide il bosco dall'alto. Vide la loro salvezza.

Uno strapiombo, una specie di orrido, sul quale stava un'esile passerella.

Capì dove era il sentiero per andare sempre nella stessa direzione, così da raggiungere il posto.

Il bosco finiva bruscamente. Sotto i loro piedi uno strapiombo e, in fondo allo strapiombo, acque limacciose correvano veloci. Dall'altra parte, la terra era arida e solo pochi cespugli interrompevano il nulla. Verde e giallo separati da un nastro di azzurro in fondo al crepaccio.

E, al di sopra del crepaccio c'era un esile ponticello. C'erano altri ponti, certo, perché i due mondi comunicassero, ma erano molto più a est e molto più a ovest. Chiunque volesse inseguirle avrebbe impiegato giorni, uno di sicuro, probabilmente due, forse tre con un po' di fortuna. Un tempo sufficiente a loro per disperdersi.

Dopo aver superato il ponte, lo distrussero. Haxen non aveva più la sua spada, ma aveva ancora nella bisaccia l'acciarino e con quello e un po' di aiuto dalla mente di Hania, riuscirono a dare fuoco alle corde, che bruciarono, mentre le assicelle di legno cadevano una dopo l'altra per finire nell'acqua dopo un lungo volo.

«Libera l'orso, libera la sua mente dall'ordine di combattere» disse Haxen.

Hania la guardò esasperata.

Quelli lì, gli armigeri, erano disposti a impiccarle. Era una cosa stupida. Un nemico morto non lo si doveva combattere di nuovo.

Haxen scosse la testa: doveva avere capito cosa lei stava pensando.

«L'orso combatterà fino alla sua morte» disse scandendo la parola "sua". «C'è una regola tra quelle del Cavaliere di Luce, la regola di qualsiasi capo militare. Qualunque sia il motivo per cui qualcuno sta combattendo per noi, è nostro dovere non sacrificare inutilmente la sua vita. Un capo militare deve fedeltà a chi combatte per lui e con lui, non è solo il contrario. È la differenza che c'è tra combattere con regole d'onore o esserne privi. L'orso ti ha servito. Adesso, se continua a combattere, combatterà fino alla sua morte. Siamo al sicuro, lascialo andare. Se mai passeremo di nuovo per questo bosco, sapremo che lui è qui, forse ci sarà utile di nuovo».

Hania annuì. Era una cosa che aveva senso. Lasciò libera la bestia. Sentì la sua gioia nell'allontanarsi, nell'essere ancora vivo, nell'avere avuto il permesso di restare vivo, libero ormai da quell'impulso che lo avrebbe spinto fino alla morte.

Hania cortesemente lo guidò al punto dove lo sguardo degli uccelli le aveva svelato i favi di miele. Era stato un buon combattente. Se lo premiava avrebbe combattuto per lei di nuovo con maggiore entusiasmo, nel caso.

Poi si girò e guardò il suo destino. Era sporca, lacera, scorticata, sanguinante, con grosse probabilità di essere impiccata entro un tempo molto breve e aveva come unico difensore sua madre, l'oca giuliva disarmata.

Nello sterminato alloggiamento del suo sapere, non c'era la nozione che bisognava accontentarsi: quella evidentemente faceva parte del novero delle cose che uno scopriva da solo.

REGOLE D'ONORE

ħaxen aveva il cuore travolto dall'orrore. Innocenti potevano rischiare la vita. Per evitare l'assassinio di due di loro, Dartred si era sacrificato. Lei aveva perso il suo scudiero, l'unica difesa che aveva al mondo.

L'Acqua Sacra l'aveva sconvolta. Ce ne era una fonte nella Valle degli Zampilli. Lei aveva sempre creduto che Hania avrebbe perso la sua parte demoniaca, non aveva capito che la presenza, o il contatto, avrebbe voluto dire un'agonia di malattia, forse di morte.

Avrebbe dovuto trovare la valle e restare abbastanza lontana dalla fonte perché la bambina non ne fosse danneggiata, ma abbastanza vicina perché i suoi pericolosi poteri fossero attenuati. Pericolosi poteri che, peraltro, le avevano per l'ennesima volta salvate.

Doveva trovare la strada. Si trovava nell'ultima porzione del suo regno, in una terra fatta di sassi, cespugli e un cielo implacabile.

Distruggendo il piccolo ponte aveva guadagnato un

po' di tempo. Ora non doveva sprecarlo. Non sapeva quale era la direzione. Cercò di farsi tornare alla memoria le mappe che aveva studiato con il precettore, da bambina. Dopo la città di Kaam qualcosa c'era ancora, un paio di villaggi. Doveva trovarli. Come si chiamavano? Kroi, Krai, qualcosa del genere doveva essere il nome di quello più vicino.

Il sentiero era vagamente segnato e proseguiva verso sud passando in mezzo a distese di nulla e qualche raro cespuglio selvatico. Finalmente arrivarono a un bivio.

«C'è un villaggio qui vicino» disse a mezza voce, sicura. «Non ricordo il nome, si chiama Kroi o Krai, non è importante. La cosa importante è che lì ci sarà la possibilità di comprare cose che ci servono e quindi andiamo in quella direzione».

Il piccolo istrice, che camminava davanti, testa china, spalle strette, mani conserte dietro la schiena, prese con decisione la strada di sinistra. Evidentemente nella mente di Hania c'era la conoscenza di un enorme numero di cose, Haxen lo aveva già sospettato e, pur continuando a non guardarla mai in faccia e ovviamente a non parlare, la bambina collaborava con lei.

E Dartred lo aveva addirittura guardato in faccia e più di una volta.

Haxen fermò la mente. Non doveva pensare a Dartred o sarebbe crollata. Non doveva. Doveva bloccare il ricordo, chiuderlo.

Doveva tenere l'attenzione sui passi, da mettere uno dopo l'altro, per arrivare al villaggio di Kroi o Krai o come accidenti si chiamava.

Doveva tenere l'attenzione sull'acqua da trovare, il cibo da comprare – e in fretta, perché la fame e la sete cominciavano a farsi sentire – vesti di ricambio, per renderle meno riconoscibili.

Il momento era venuto di vestirsi da femmina, visto che cercavano un maschio, e magari vestire Hania da maschio, era una buona idea.

Aveva ancora un paio di monete d'oro, poteva farcela. Ce l'avrebbe fatta. Doveva farcela, perché altrimenti il sacrificio di Dartred, forse già morto, sicuramente già condannato, sarebbe stato inutile. No, non doveva pensarci, non doveva pensare.

Lei non aveva voluto nessuno dei suoi pretendenti e non solo perché lei era piena di spocchia e di boria, come avevano detto le balie, le cuoche e la levatrice. Un pochino era vero, questo doveva riconoscerlo, ma per il resto era stata un'intuizione. Aveva intuito la loro banalità. Ognuno di loro era uno di quei tizi di cui si dice che è un brav'uomo. Per carità, sempre meglio un brav'uomo di un criminale, di un crudele, di qualcuno che entra in una taverna e si diverte ad appendere i moribondi al soffitto. Brave persone, certo, ma nessuno di loro poteva essere il Cavaliere di Luce. Colpa di suo padre, che le aveva riempito la testa con quelle storie, come giustamente dissero cuoche e balie, ma lei ormai aveva la testa piena di quelle storie e nessuno di loro era quello che lei stava cercando. Voleva un uomo del valore di suo padre. Voleva il Temerario.

Ora l'Oscuro Signore l'aveva costretta a una strada che altrimenti lei non avrebbe mai percorso. E così aveva ritrovato il Temerario. Fino a quando fosse rimasta Haxen del Regno delle Sette Cime, sicuramente non avrebbe mai posato gli occhi sul figlio del fabbro, mai ne avrebbe capito il valore.

E fino a quando non si fosse trovata in pericolo, lui non avrebbe mai osato presentarsi.

Si era aperta una strada che altrimenti sarebbe stata impraticabile. Ma gli uomini l'avevano distrutta e ora lei doveva tenere tutta la sua attenzione, ogni singolo pensiero su tre parole: vesti, cibo, acqua. Anzi, in ordine di importanza: acqua, cibo, vesti e doveva impedire che il suo pensiero andasse nella direzione vietata, perché, se ci fosse andato, sarebbe crollato nell'infinita voragine della disperazione e del rimpianto e non doveva succedere.

Lei aveva bisogno di tutta la sua forza. Si sarebbero rincontrati, certo, in una valle più grande, più verde e più bella di qualsiasi valle potesse esistere sia nel suo regno che altrove. Doveva pensare a quello. Anzi no, poi avrebbe pensato a quello. In quel momento doveva pensare all'acqua, a qualcosa da mangiare e a vesti di ricambio in quell'ordine, un passo dopo l'altro arrivare al villaggio, comunque si chiamasse, senza mollare, senza crollare, senza mettersi a piangere. Qualcosa da bere, qualcosa da mangiare, qualcosa da indossare, qualcosa per nascondersi, qualcosa per non ricordare, qualcosa perché la vita passasse. Prima o poi sarebbe passata, sarebbe finita, e lei avrebbe potuto raggiungere quella valle, grande e verde e bella come nessuna. Fino ad allora, la sua vita sarebbe stata dovere e regole di onore.

Haxen pensò che a volte si ha la felicità e non si sa di averla. Aveva avuto Dartred vicino e vivo e questo avrebbe dovuto voler dire la felicità. Anche quell'ultimo giorno in cui lui l'aveva disprezzata, al disprezzo c'era soluzione. Se qualcuno era pieno di disprezzo, era perché era vivo.

Era la morte l'evento cui non c'era rimedio. Ora lui era perso per sempre e a lei restavano il dovere e la sua missione. Doveva salvare Hania. Doveva salvare il mondo. Lo avrebbe fatto.

❧❦

Le loro ombre cominciarono ad allungarsi, sempre di più. Il sole era ormai sull'orizzonte. Arrivarono al villaggio, si chiamava Krai, era scritto in lettere corte e panciute su un fatiscente pezzo di legno inchiodato sul muro scrostato della prima casetta sulla via.

Le case erano fatte di malta e sterco di capra, le strade di polvere e sterco di capra, i tetti di paglia semplice, perché fino lì lo sterco di capra non c'era arrivato.

Attorno a ogni minuscola sudicia casa, un recinto per le capre. Erano capre molto piccole, con il manto marrone dorato. In alto, di fianco ai comignoli su ognuno dei quali erano i nidi delle cicogne, stavano le piccionaie per le tortore. Ovunque il ronzio incessante delle mosche.

Accoccolate per terra su grandi teli colorati sui quali esponevano la loro mercanzia, alcune donne facevano il mercato. Hania ricordava che in molti villaggi del meridione si faceva alla sera, quando il sole si addolciva e la giornata non doveva più essere usata per lavorare.

La prima donna vendeva formaggio di capra, la seconda donna vendeva formaggio di capra, la terza donna vendeva ricotta e latte di capra, la quarta vendeva una spada con l'elsa d'argento.

Haxen sussultò. Direttamente seduta sulla polvere della strada – lei non aveva nessun telo – con il suo moccioso in braccio, c'era la contadina, quella che le aveva rubato il cavallo e l'aveva buttata in braccio agli armigeri. Quella per cui aveva perso Dartred.

Era seduta con le gambe incrociate e stava ninnando il suo bambino.

L'operazione fu semplice. Haxen si limitò a prendere la spada, sguainarla e puntargliela alla gola.

«Ehi, voi» protestarono le altre donne.

«Questa cagna è una ladra» tagliò corto Haxen. «E ha rubato la mia spada».

L'informazione era coerente. Tutte dovevano essere rimaste molto perplesse davanti a una contadina che vendeva una spada d'argento. E poi le vesti di Haxen e Hania erano sudicie fin che si voleva, ma a guardare bene si vedeva che erano state buon fustagno blu e velluto indaco. E, in più, Haxen aveva in mano la spada e sembrava in grado di usarla. Si misero tranquille a godersi la scena. Si limitarono a ridacchiare.

«Vuoi che parli del polso del tuo bambino?» sussurrò Haxen. L'altra sbiancò. Haxen rinfoderò la spada.

«Dov'è il cavallo?» chiese.

«Venduto» rispose l'altra.

«Lo hai venduto? Un cavallo è un bene inestimabile».

«Io non ci so andare sopra e prima o poi cadevo. E poi di mestiere faccio la mendicante. Non te la fanno l'elemosina se arrivi a cavallo».

«E per quanto lo hai venduto?»

«Quattro pezzi d'oro».

«Quattro pezzi d'oro? Ma sei scema? Ne valeva almeno venti».

«E me lo trovi tu uno che ne ha venti. Tutto quello che ho trovato è stato uno con quattro monete. E anche tu il cavallo te l'eri rubato. La spada era tua, ma il cavallo te lo sei rubato».

«Per salvarti la vita, me lo ricordo, la mia era al sicuro.

E per salvare la tua vita, il guerriero che era con me ha sacrificato la sua. Dammi le quattro monete d'oro e levati dalla mia strada».

«Due» contrattò la donna. «E io mi ero già tolta dalla tua strada».

Haxen si chiese come era riuscita a sprofondare in un dialogo di così folle assurdità. Doveva riconoscere alla contadina una notevole capacità dialettica, se fosse nata in un ambiente più degno avrebbe potuto fare l'amba- sciatore.

«Cosa c'è sul polso di tuo figlio?» ricordò Haxen.

«Tre monete» cedette la donna.

«Quattro, o prima dell'alba ti ritrovi sulla forca» disse dura Haxen. «Ti ho dato la vita tua e quella di tuo figlio e perché tu le avessi ho perso l'uomo che era con me. Dammi quelle quattro monete o ti passo al filo di spada, così il boia risparmierà la corda».

La donna le consegnò le quattro monete, ma mentre lo faceva la guardò, maligna e sospettosa. «Perché mi hai salvato? Perché sapevi che non era giusto che mi am- mazzavano. Perché adesso sei sicura che non è il figlio mio a essere quello cattivo e che adesso non ti fa qualche magia?»

«Io non ci credo a queste cose, ti abbiamo salvato per generosità e rettitudine» rispose Haxen.

La donna guardò perfidamente Hania e il suo polso sinistro. Haxen rabbrividì. Per un istante fronteggiò l'im- pulso di estrarre di nuovo la spada.

«Non essere stupida. Lei ha tre anni. Bene. Io non conosco te e tu non conosci me. E che i nostri passi non si incontrino mai più, o per te e tuo figlio sarà la fine» disse, poi si girò e si allontanò.

Il ricatto non faceva parte delle armi con cui il Cavaliere di Luce portava ordine nel mondo, ma lui si muoveva evidentemente in un mondo migliore di quello che era toccato a lei, o qualche compromesso, qualche ammaccatura sullo scintillio della corazza se la sarebbe fatta anche lui. Haxen, nell'ultima luce del tramonto, comprò latte di capra, formaggio, ricotta, scambiò i mantelli – il suo, quello di pelliccia che era appartenuto a Dartred, ultimo suo ricordo, e quello di sua figlia, oltretutto troppo caldi per quei luoghi – con teli colorati. Altro vestiario, in quel luogo di capre e di mosche, non ce ne era.

I teli potevano fare da mantello. Da lontano non sarebbero state riconoscibili. Ne avrebbe trasformato uno in una sottana e l'altro in un paio di brache non appena avesse trovato un posto dove stare in pace a cucire qualche giorno.

«Andiamo bambina, via di qui. Da questo momento non ci fidiamo di nessuno» disse Haxen a Hania.

Hania era insolitamente agitata. Non era solo imbronciata, era spaventata, un solco le attraversava la fronte. Haxen pensò fosse l'incontro con la contadina, la prova fulgida e totale di quanto la generosità, il coraggio, le regole d'onore potessero essere un pessimo affare.

Per passare la notte trovarono riparo in una bassa stalla sbilenca. La puzza di sterco di capra dava le vertigini, ma era un posto sicuro e soprattutto era pieno di capre.

«Puoi dare ordine alla mente delle capre di fare molto chiasso se qualcuno si avvicina, vero?» chiese Haxen a Hania, che non rispose, ma alleviò il suo broncio in un vago assenso.

La bambina poteva inghiottire anche il latte di capra e il formaggio senza averne fastidio, e questo dette ad

Haxen un attimo di serenità. Per il resto Hania continuava a essere ansiosa e cupa come non era mai stata.

Poi la giornata, tutto quello che era successo dal mattino, aggredì di nuovo la mente di Haxen e lei bloccò
il pensiero. Non doveva pensarci. Non doveva pensare
a lui. Non in quel momento. Dopo, quando ci sarebbe
stato il tempo per piangere. Ora doveva portare la bambina nella Valle degli Zampilli. Perché era una buona
idea, perché la valle era lontana da tutte le rotte, perché
lì, vicino alla fonte di Acqua Sacra, nessuno l'avrebbe
mai cercata. Perché se mai Hania avesse mostrato poteri
eccessivi o eccessivamente maligni, lì lei avrebbe potuto
bloccarla.

Si chiese anche come avrebbero vissuto. Finora il problema era stato come non farsi ammazzare. Superato
questo, il problema diventava come sopravvivere. Avrebbe potuto prendere un paio di capre. Evidentemente
le bestiole riuscivano a trovare di che vivere in quella
spianata di sassi battuta dai venti.

Non aveva mai munto nessuno in vita sua e non aveva
idea di come il latte diventasse formaggio. Mungitura e
arte casearia non avevano fatto parte della sua educazione. Ma aveva Hania. Hania sapeva tutto, sapeva fare tutto.
Haxen avrebbe detto ad alta voce "bisogna mungere le
capre e fare il formaggio" e avrebbe aspettato di trovare
il secchio pieno di latte e il formaggio sul suo tavolo. Se
il tavolo non ce lo aveva, avrebbe detto "serve un tavolo"
e i cespugli si sarebbero trasformati in vimini e il vimini
in tavolo.

Nella testa di Hania c'erano conoscenze infinite ed
eterne, quanto quelli della creatura che l'aveva voluta.
Tanto valeva approfittarne.

Doveva vivere giorno per giorno. E pensare a qualcosa di bello.

Alle stelle che brillavano dall'altra parte del soffitto dell'ovile sudicio.

E all'alba che sarebbe sorta, illuminando il cielo di rosso o di oro.

L'ULTIMO PEZZO
DEL VIAGGIO

Accovacciata nel tanfo di una stalla con le capre come unica difesa dal mondo, Hania cercava di fare il punto della situazione. La situazione era uno schifo. La situazione era un disastro. La situazione era paura e pericolo. La situazione era infinitamente peggio di quanto Haxen pensasse.

Il risultato della bontà di sua madre era che si era lasciata alle spalle un individuo, la contadina, che non solo non aveva per lei nessuna gratitudine, ma anzi la odiava. Haxen era più bella di lei, veniva da una famiglia più alta, sapeva usare la spada, usava le parole con la stessa grazia con cui si muoveva e, cosa peggiore di tutte, le aveva salvato la vita.

Dovere gratitudine a qualcuno era la migliore scorciatoia per l'odio. Odiare era universalmente trovato ben più divertente di dovere gratitudine. La contadina odiava Haxen, in più la contadina aveva avuto un ennesimo colpo di sfortuna oltre a tutti gli altri: essere nata, essere nata povera, essere nata brutta, avere un figlio e nessun uomo vicino e, ciliegina sulla torta, quel figlio si era fatto un'ustione sul polso. La contadina aveva intuito stranamente che Haxen era coinvolta in quella storia: se avesse dimostrato che il bambino era un altro, il suo sarebbe stato salvo.

E ora, in quel dannato villaggio, a questo malefico individuo si era aggiunta un'armata. Mentre davano via i mantelli pesanti che sarebbero stati immensamente utili in quel momento, perché erano morbidi e caldi e lì la terra era dura e la notte faceva freddo, sua madre aveva fatto un movimento malaccorto e, per un istante, il polso sinistro di Hania era stato scoperto. Sua madre non se ne era accorta, ma le due donne presenti sì, lo avevano visto, e si erano scambiate un'occhiata.

Hania aveva capito di dover avvertire sua madre. Da quando l'episodio era successo ci provava. Semplicemente, non ci era riuscita.

Lei aveva sempre dato per scontato che la sua incapacità a comunicare con sua madre, a guardarla in faccia, a farle anche solo dei gesti fosse semplicemente dovuto alla scarsa stima che ne aveva, alla certezza che mai avrebbe avuto niente da annunciarle se non il desiderio di essere figlia di qualcun altro. Ora invece si rendeva conto che era un'incapacità propria del suo essere.

Doveva assolutamente comunicare a sua madre che il disastro assoluto era avvenuto. La scoperta di non esserne capace la riempì ulteriormente di frustrazione e collera.

Qualsiasi povero demente poteva aprire la bocca e annunciare al mondo le scempiaggini che la sua minuscola mente aveva farneticato e lei non poteva avvertire sua madre di un pericolo mortale. C'era qualcosa che le impediva di girarsi verso Haxen, guardarla in faccia e cercare di spiegarsi anche solo a gesti, cosa invece che riusciva a fare con Dartred, ed era una vera catastrofe averlo perso.

C'era, nella sua frustrazione, anche una piccola parte oscura che, dando fondo alle sue conoscenze linguistiche, poteva definire come dispiacere. Le dispiaceva che lui fosse morto, certo, perché se Dartred non era già un cadavere stava per diventarlo. Perso era perso. Non solo le seccava di non averlo più vicino, le dispiaceva per lui.

Se avesse avuto la mente più sgombra, ci avrebbe pensato sopra. In quel momento doveva fare altro. Salvarsi la vita, sempre più appesa a un filo come una mosca in una ragnatela.

Nella sua breve vita, Hania non aveva mai avuto la possibilità di mettere le mani su qualcosa di scritto, ma sapeva di sapere leggere. Nella sua mente le lettere scorrevano in tutti i possibili alfabeti mai inventati. Si chiese se sapesse scrivere. Non ne era certa. Sapeva leggere, certo, ma se era per quello sapeva anche comprendere le parole, tutte, e non aveva la possibilità di pronunciarle. Era lo stesso anche per le parole scritte? Potevano arrivare alla sua comprensione, ma per lei era possibile produrle?

Si girò a pancia in giù e, con il dito nella polvere sudicia di quella specie di stalla, al buio, cercò di tracciare le lettere del suo nome. Acca. A. Enne. I. A.

Sapeva benissimo come le lettere erano fatte. Non riuscì a tracciarle nella polvere.

Anche lì, di nuovo, la frustrazione più assoluta. Un'irritazione che diventava collera. Impotenza. Frustrazione, collera. Frustrazione. Paura. Frustrazione. Tutto un impasto a ogni istante più pesante e più grosso.

Forse poteva disegnare. Provò a tracciare nella polvere un cerchio, poi fece il disegno di un alberello. Quello poteva farlo. Anche se non era certa che, una volta avvertita, Haxen avrebbe potuto fare qualcosa di intelligente, sensato e utile.

Fatto il punto della situazione e trovato come comunicarla, Hania passò alla pragmatica domanda su cosa potesse, volesse e dovesse fare perché la situazione migliorasse e di nuovo la risposta fu lapidaria.

Non c'era un accidente di niente che lei potesse fare, salvo trascinare i piedi uno dopo l'altro su quella sassaia maledetta, sperando che nessun armigero a cavallo comparisse, perché altrimenti si sarebbe trovata a rimpiangere anche il trascinare i piedi sulla sassaia come una felice età dell'oro.

∽✕∽

Hania e Haxen si alzarono ben prima dell'alba, quando ancora un po' di frescura dava sollievo.

Non appena un filo di luce illuminò il mondo, si misero per la via. Hania fece un disegno con uno stecchetto sulla polvere della strada. Sua madre la guardò incuriosita qualche interminabile istante, poi intuì con un'impennata di genio che era improbabile lei avesse ispirazioni artistiche irrefrenabili alla fine di una disastrosa notte in mezzo a una sassaia, e che quindi quello doveva essere un messaggio.

«Un uomo? No. Una... donna? Una donna, sì ha la gonna. È una donna, vero?» compitò a mezza voce. «Una donna con delle fiamme che le escono dagli occhi? Dei raggi che le escono dagli occhi?»

Tutte le volte che Haxen sbagliava, Hania sbatteva un pugno sulla sabbia. Lo aveva fatto istintivamente solo per la collera, ma alla fine si era resa conto che aveva creato un codice, un segnale.

«Ho capito, se sbatti il pugno sulla terra vuol dire no. E se ho indovinato? Qual è il segno?»

Sì, era una buona idea, un codice. Hania si chiese quale era il gesto inverso del pugno verso il basso: il palmo della mano verso l'alto.

«Questo vuol dire sì? Non puoi fare sì e no con la testa?»

Domanda idiota, certo che no, altrimenti lo avrebbe già fatto. No. Pugno per terra.

«No, quindi ci sono cose che non puoi fare. Va bene, vai avanti con il disegno. Una donna ha visto il cerchio? Sì? Ha visto quale cerchio? La mano, il braccio, il polso, certo, tra la mano e il braccio c'è il polso…»

Palmo verso l'alto.

«Una donna ha visto la tua cicatrice? Sì? Il cerchio sul polso? Dove? Al villaggio?»

Palmo verso l'alto.

«No!» gridò Haxen. «Questo non avrebbe dovuto succedere».

Certo che non sarebbe dovuto succedere. Non sarebbe successo, se avessero lasciato la contadina al suo destino. Ora sarebbero tutti e tre a riempirsi la pancia di mandorle e uvetta secca.

«Non dovevamo vendere i mantelli» aggiunse Haxen.

Vero anche quello. Sua madre prima o poi ci arrivava alle cose, con tre leghe di ritardo e quando non c'era più niente da fare, ma ci arrivava.

«Non dovevamo venire a sud».

E con questo la lista delle cose che non avrebbero dovuto fare era terminata. Adesso forse, chissà, sarebbe venuta un'idea su come salvarsi.

«Sei grande per la tua età, ma parleranno e poi c'è la contadina che ha dei sospetti e deve salvare suo figlio. Si metteranno tutti insieme e capiranno che sembri solo più grande, capiranno perché sembri più grande».

Hania annuì.

«Ti porterò in salvo. Non possiamo attraversare il deserto in una volta sola. Ci fermiamo alla Valle degli Zampilli, non ci sono altre possibilità. Deve il suo nome al fatto di essere piena d'acqua, ma una delle sorgenti è di Acqua Sacra. Credevo che potesse renderti una bambina come le altre, invece no, ora mi sono resa conto che ti farebbe del male. Restiamo sulla parte esterna, dove l'influsso non arrivi fino a te. Cerchiamo di riempire le borracce, di comprare qualcosa da mangiare, ci riposiamo un po' e poi via. Attraversiamo il deserto e arriviamo al mare, la grande acqua salata dall'altra parte. Lì vedremo cosa poter fare. Abbiamo da bere e da mangiare per un paio di giorni. Ce la faremo».

Hania era agghiacciata. Non proprio lei: la sua mente era agghiacciata: tutto il resto era immerso in un caldo insopportabile. Le sue vesti le erano incollate addosso per il sudore e sua madre, mentre farneticava idiozie sulla lealtà, l'aveva guidata passo dopo passo verso un simpatico posto dove c'era una cosa che per lei era veleno.

Cara mammina. Non sapeva che le avrebbe fatto male, che carina, pensava solo che le avrebbe tolto quello che lei era. Le avrebbe tolto la sua maniera di pensare, tutto quello che sapeva, la capacità della sua mente di volare.

Tutto sommato il fatto che l'Acqua Sacra le levasse

ogni forza inclusa quella di respirare, non era poi così peggio di essere ridotta a una mocciosa qualsiasi, per di più muta, una povera impedita senza l'uso della parola.

No, non era vero. Sua madre non era stata sleale.

Adesso si ricordava. Sua madre semplicemente non era riuscita ad ammazzarla alla sua nascita come avrebbe dovuto. Glielo aveva detto. L'avrebbe resa innocua. Sua madre non l'aveva voluta, sua madre non le doveva niente. Era suo Padre quello alla cui volontà lei doveva la sua esistenza, suo Padre che prima o poi avrebbe riempito il mondo con la sua magnificenza e sarebbe venuto in suo soccorso. Ma, fino a che suo Padre non compariva, Hania era sola.

Hania era sola, era sempre stata sola. Aveva solo sua madre, la cui animosità nei suoi confronti non arrivava fino all'omicidio, ma solo perché era vietato dai suoi codici. Anche ora: le aveva detto la verità perché era una necessità dei codici d'onore.

L'unica speranza era che suo Padre comparisse a salvarla, a portarla via, in un luogo dove la sua solitudine si sarebbe risolta, dove la sua voce avrebbe potuto risuonare.

Hania era stanca.

Avrebbe voluto un posto fresco, dove buttarsi per terra e restare lì.

Niente aveva senso.

Ogni cosa era caldo e polvere. Oppure freddo e polvere. Oppure stanchezza e polvere.

Polvere, tristezza e sterco di capra.

Camminarono per una mezza giornata. Il sole era implacabile. Haxen era lenta, aveva il peso delle borracce piene di latte di capra, della sacca con dentro il formaggio. Hania le trotterellava davanti, come sempre.

Haxen ricominciò a parlare, ricominciò a raccontare del Cavaliere di Luce. E di come gli uomini facessero cose sbagliate, ma il cavaliere non si arrabbiava, non si arrabbiava troppo, perché se un giustiziere fosse diventato un vendicatore, poi l'orrore e il dolore si sarebbero moltiplicati e il mondo si sarebbe perso.

«Gli uomini sono così, gli uomini sono fragili, gli uomini sono deboli, gli uomini hanno paura e la paura li spinge a fare cose che non dovrebbero fare» spiegò. «Gli uomini possono essere stolti. Gli uomini possono essere crudeli e feroci. Gli uomini possono essere immondi. Ma a volte possono essere magnifici, e quindi vale sempre la pena di battersi per loro…»

A volte la sua voce s'interrompeva per la pena e per il pianto, ma lei inghiottiva le lacrime e continuava.

«Il Cavaliere di Luce non si ferma mai. Il Cavaliere di Luce non si arrende mai, anche quando ha paura, anche quando è spaventato, anche quando è sconfitto, anche quando è disperato. Il Cavaliere di Luce non si arrende mai. E continua a battersi e si batterà sempre fino alla fine, e fino a quando ci sarà lui, fino a quando ci sarà un solo giusto, allora il mondo sarà salvato. Solo quando nessun giusto ci sarà più il mondo sarà perduto, quindi ognuno è colui che può fare la differenza. Proprio quando tutto sembra perduto, è allora che non dobbiamo rinunciare a batterci. Il Cavaliere Solitario non si arrende mai».

Hania si chiese se era stato uno sbaglio, o se la madre l'aveva fatto apposta a dire Cavaliere Solitario invece che Cavaliere di Luce.

Perché ormai era sola. Dartred era perso per sempre. Tutto era solitudine e polvere.

«Al peggio non c'è mai fine» disse alla fine Haxen con voce rabbiosa. «Lo avevo vicino ed ero disperata perché mi disprezzava e invece avrei dovuto essere felice perché era vivo e al sicuro, che idiota sono stata» le scappò di dire.

Al peggio non c'è mai fine? Hania scoprì, e mai lo avrebbe sospettato, che preferiva i discorsi scemi, quando Haxen diceva che poteva andare peggio, che il Cielo assiste e dà una mano, la natura è bella, intelligente e buona.

Quindi erano due solitudini assolute che si trascinavano una di fianco all'altra, ognuna separata, ognuna con la propria ombra.

Per fortuna Hania aveva il flauto. Lo tirò fuori e le sue note risuonarono sull'altopiano di sassi e cespugli battuto dal vento, si fusero con le raffiche e le folate. Aveva il flauto. La sua sterminata solitudine aveva un'apertura.

Nel pomeriggio il vento si calmò e loro arrivarono in vista della valle. Per la seconda volta l'altopiano su cui si trovavano si aprì. La sua prima apertura era stata il burrone profondo e stretto che separava la terra verde di Kaam da quella gialla e disperata delle terre meridionali. Ora invece quella che si spalancò davanti ai loro occhi fu una valle larga e dolce, disseminata di alture coniche, verdissime, con i solchi ordinati delle viti che si alternavano alle chiome tonde degli alberi di arancio. Era ricca di minuscoli stagni sorgivi, dove l'acqua germogliava dal basso e si alzava anche formando zampilli. A mano a mano che si avvicinarono, si intravidero le costruzioni: minuscole case bianche a forma di cono. Una valle lunga e stretta, ricca e verde, in quell'oceano di desolazione.

«Questa dunque è la Valle degli Zampilli» constatò Haxen. «Ricorda: uno degli zampilli è quello dell'Acqua

Sacra. Ci nasconderemo nella valle perché è l'ultimo posto dove ti cercheranno. Resteremo qualche giorno, forse parecchi. Ci stanno cercando, ma c'è una regola. Qualsiasi cosa si stia cercando, dopo i primi giorni infruttuosi, il furore della ricerca rallenta, si distrae. Ci metteremo sul bordo esterno, aspetteremo il necessario, anche una luna o due, poi l'ultimo pezzo di deserto e arriveremo al mare. Se cominci a non sentirti bene, se cominci a perdere la tua forza, fermati immediatamente e avvertimi».

Hania aveva solo il flauto e sua madre. Sua madre, bene o male, stava continuando a battersi per lei. Le sarebbe bastato consegnarla e sarebbe tornata Haxen delle Sette Cime. Sua madre non la amava, perché avrebbe dovuto? Ma si batteva in sua difesa, per via del Codice della Cavalleria.

Meglio che niente.

ೲ

Trovarono, all'estremo della valle, il primo segno di vita: un gruppetto di alberi spinosi. Avevano grossi fiori bianchi, con un profumo intenso. Acacie.

Si misero all'ombra.

«Aspettiamo il tramonto per vedere di trovarci un posto migliore» disse Haxen, mentre i suoi occhi si perdevano tra i fiori rossi. «Oppure potremmo fermarci qui per sempre. Trovare un paio di capre selvatiche e addomesticarle».

Haxen aveva la bocca bruciata dall'arsura.

Parlava a casaccio. Non era proprio un farneticare, ma poco ci mancava.

Erano stravolte entrambe. Scivolarono nel sonno. Anche Hania che dormiva pochissimo chiuse gli occhi e si addormentò e, per la prima volta in vita sua, sognò.

Sapeva il significato della parola "sognare", certo, come sapeva il significato della parola "nebulosa", una di quelle cose che si sa che esistono. Per la prima volta sognò, un sogno tranquillo. Prati verdi, qualche capra. Piante di tarassaco. Le piaceva il tarassaco. Buono da mangiare, aveva questo fiore giallo, di una bellezza imperiale, solare che poi si trasformava in un soffione, una delicatissima sfera che si disfaceva nella brezza.

Si svegliarono all'improvviso. Due cavalieri stavano puntando su di loro.

Hania fece impennare i cavalli, i due caddero, uno dei due fu travolto malamente, ma poi riuscirono tutti a rimettersi in piedi. I cavalli continuarono a caricare, a impennarsi a cercare di colpirli con gli zoccoli, di calpestarli. I due cavalieri estrassero le spade e li abbatterono con pesanti fendenti sul collo e sul muso. Poi, si fermarono a guardare sconsolati i cadaveri delle loro cavalcature, abbattuti sulla terra che si scuriva per il loro sangue. Nugoli di mosche comparvero dal nulla e vi si avventarono.

«Se mai avevamo dei dubbi che qui ci fosse una creatura malefica, questo li ha fugati» urlarono.

Si diressero verso di loro.

Ora non c'era più niente che Hania potesse fare.

Sua madre sguainò la spada.

«Sono la principessa Haxen della casata delle Sette Cime» disse con voce chiara. «E vi ordino di fermarvi».

REGINA CONTRO ALFIERE

I due si avvicinarono. Erano un uomo e un ragazzo. L'uomo aveva insegne alte, un capitano della guardia, l'altro doveva essere il suo scudiero. Nessuno dei due portava l'armatura, nemmeno una cotta di maglia. Erano in un deserto: un'armatura o anche una cotta di maglia li avrebbe arrostiti come due maialini da latte sullo spiedo. E in più stavano inseguendo una donna e una bambina e, quindi, avevano dato per scontato che la difesa data dai giustacuore di seta trapuntata sarebbe bastata.

«Sono Haxen della casa delle Sette Cime e mio padre, il re di questo paese, mi ha insegnato l'arte della spada perché io possa proteggere l'onore della mia nazione. Non vi permetterò di spargere il sangue di un bambino uccidendo per sempre la vostra anima. Io vi ingiungo di fermarvi e mettervi in ginocchio davanti a me».

I due la fissarono esterrefatti.

Nessuno dei due l'aveva mai vista prima, l'affermazione non aveva nessuna prova e, da un lato, era abbastanza sensato fossero tutte idiozie. Dall'altro, chi altri se non Haxen delle Sette Cime poteva parlare in quella maniera e brandire una spada con il pomo e la guardia d'argento?

Haxen estrasse da sotto i suoi stracci il collare d'oro che portava al collo. A questo punto le prove erano troppe.

«Per quello che ne sappiamo, magari lo avete rubato» bofonchiò l'uomo.

«Giusto e, in base alla stessa logica, per quello che ne so io voi potreste essere un brigante che ha rubato le vesti e le insegne a qualcuno di più dotato di cortesia e comprendonio. Non aggiungete disastro ad altro disastro, affronto ad altro affronto» ingiunse Haxen. «Tenete la bocca chiusa».

«Quella bambina ha un marchio, un cerchio rossastro sul polso sinistro?» chiese l'uomo. «Rispondete e non osate mentirmi».

«Non ho l'abitudine di mentire» rispose Haxen. «Quale scarafaggio della cantina della vostra dimora, quale sorcio del vostro granaio vi hanno insegnato come ci si rivolge, e gli altri barlumi della cortesia? Sì, questa bambina ha un marchio sul polso sinistro e io, Haxen delle Sette Cime, mi sono assunta la responsabilità della sua vita, come dell'onore del mio regno».

«Allora deve essere uccisa» rispose l'uomo, sguainando la spada anche lui. Lo scudiero era rimasto indietro. Aveva armeggiato staccando qualcosa di pesante dalla sella di uno dei cavalli e ora si era messo a trascinarlo.

«Se il sangue di un bambino fosse versato, la decenza sarebbe perduta, l'onore spezzato, e soprattutto i piani dell'Oscuro Signore sarebbero realizzati, e voi due siete i due imbecilli che si stanno adoperando a realizzarli.

Io sono la vostra sovrana e mi sto assumendo la responsabilità di questa bambina, la responsabilità di trovare un luogo lontano dalle genti, lontano dal mondo degli uomini, dove lei possa vivere in pace. Mi sto assumendo la responsabilità di vegliare sulla sua vita. La porto lontano, così che ogni trama fallisca, e vi ordino di eseguire il vostro dovere e di mettervi al mio servizio».

Il capitano scosse la testa.

Era un ostinato. Anche un idiota. Con una maledetta tendenza alla crudeltà. L'idea della morte della bambina gli piaceva: aveva avuto un lampo negli occhi mentre pronunciava le parole. Anche sua madre e la balia avevano espresso la volontà di uccidere Hania, ma con la morte nello sguardo e nel cuore e, infatti, non erano riuscite a portare a termine quel non voluto volere.

Il capitano che aveva di fronte lo avrebbe fatto. Un peccato che una dote tutto sommato positiva come l'ostinazione fosse sperperata a perseverare crudeltà e idiozia.

«Signora, se veramente siete voi, vuol dire che siete impazzita. Quella bambina deve essere uccisa. Io mi prenderò questa bisogna».

«Allora dovete passare sul mio cadavere e non vi fate illusioni, non sarà così facile».

«Siamo in due e voi siete sola».

«Io sono stata addestrata da mio padre e il vostro scudiero mi pare stia facendo altro».

«Il vostro compito di regina avrebbe dovuto essere proteggerci, non tentare…» continuò l'uomo. Aveva paura. Per questo la stava buttando sulle chiacchiere. No, non era solo quello: stava guadagnando tempo.

Finalmente Haxen si rese conto che lo scudiero stava facendo un qualcosa. Girò per un istante la testa.

Non capì con cosa l'altro stesse armeggiando, ma intuì che non era innocuo e che non aveva un istante da perdere.

«La sai usare quella spada, maledetto cialtrone?» chiese Haxen e attaccò. Suo padre le aveva insegnato l'arte della spada, quella del coraggio e quella dell'onore. Il Cavaliere di Luce sa che la giustizia è più importante della serenità della propria anima e sa combattere e sa uccidere, ma con il dolore nel cuore.

Haxen delle Sette Cime, erede del Cavaliere di Luce, combatté con gli occhi pieni di lacrime e tutta la forza della sua spada. Il sole brillò sull'elsa d'argento, nell'istante in cui la sua spada affondò e il corpo dell'altro si accasciò nel sangue.

Haxen finalmente poté girarsi e guardare cosa stava facendo il secondo elemento della disastrosa comitiva.

Lo scudiero aveva portato vicinissimo a Hania, che era impietrita, pallidissima, livida, qualcosa di pesante: un otre, un grosso otre di pelle.

Acqua Sacra. La bambina era perduta.

∾

Mentre Haxen si precipitava verso di lui, il paggio corse attorno a Hania, versando per terra il liquido dal suo otre.

Poi lo buttò per terra e cominciò a scappare.

«Io devo restare vivo per raccontare al mondo l'eroismo del capitano Barty».

«Certo, che il mondo non rischi di non sapere che è morto battendosi con una donna mentre cercava di ammazzare una bambina» urlò Haxen.

Corse più veloce che poté verso Hania, per prenderla, scuoterla, allontanarla. Cadde sbattendo violentemente contro qualcosa.

La bambina era dall'altra parte di una parete invalicabile, assolutamente trasparente e graniticamente chiusa.

Haxen girò attorno a lei e alla cosa che la imprigionava, sbattendo con le mani: Hania era imprigionata in una cella circolare di vetro, dentro la quale stava agonizzando.

Haxen prese la sua spada e la brandì con tutta la forza di cui era capace contro quella specie di involucro. Poi continuò a dare colpi, ancora e ancora, fino a quando Hania si accasciò su se stessa.

Allora, si rese conto che non c'era niente da fare. Lasciò andare la spada. Cadde sulle ginocchia.

«Non può finire così. Bambina, stringi i denti, respira. Respira».

Dall'altra parte della parete la bellissima bambina stava agonizzando. In fondo alle occhiaie, gli occhi azzurri brillavano ancora, il torace dava ancora sussulti sempre più radi e sempre più piccoli.

Il mondo divenne improvvisamente buio. La luce era stata inghiottita da una penombra impastata di nebbia e di polvere.

∞

«A che scopo vuoi che respiri?» disse una voce gelida. «Vuoi che riprenda a respirare per vederla morire di inedia e di sete?»

L'Oscuro Signore era arrivato. Era enorme, una figura altissima, non completamente solida, però, come se fosse stata fatta di fumo denso, oscurità, nebbia e polvere. «Comunque non c'è nulla da fare. Puoi metterti tranquilla e smettere di strillare».

Terrore e gelo riempirono Haxen, ogni calore si perse, ogni conoscenza che vivere fosse un valore. Ma la bambina agonizzante riuscì a darle coraggio.

Doveva battersi.

«Salvala» ingiunse Haxen. «Cosa vuoi? La mia morte? Prendi me. Salva lei».

«Non ho l'abitudine di prendere ordini e coloro che hanno osato darmene, coloro che hanno osato parlare a me come si parla a un servo, o anche a un uguale, poi lo hanno rimpianto. La tua vita io posso prenderla in qualsiasi istante. Io posso farti supplicare di essere uccisa. In tutti i casi, non essere ridicola, femmina. Non sai che l'Acqua Sacra può fermarmi? Neanche io posso fare nulla, se non dolermi che questa deliziosa creatura sia stata uccisa da così fulgidi esempi di virtù e di onore, misericordia e compassione, con un crimine che il mondo sconterà crollando definitivamente verso il caos».

Haxen riuscì a rimettersi in piedi e riprese la sua spada.

«Vuoi batterti? Con me? Sei veramente sorprendente, oltre che ridicola» disse ancora il Signore delle Tenebre. «Ma mi hai stupito. Ho messo la bambina dentro di te contro ogni tua volontà: era logico che tu la sopprimessi alla nascita, se non prima. Dentro la bambina c'è una repulsione assoluta, una nausea incoercibile, pari solo alla tua per l'averla in te. La sua nausea è per il latte, le cure più normali, ogni cibo ovvio. Una bambina incapace di parlare, di sorridere e che risponde a ogni gesto con la repulsione. Avevo dato per certo che nessuno ne avrebbe

avuto cura, che nella migliore delle ipotesi sarebbe morta di inedia, nella più logica sarebbe stata soppressa in
maniera più fantasiosa e brutale, e invece è sopravvissuta
e cresciuta».

Sì, lei e Hania ce l'avevano fatta. E ora che il peggio
era passato, non poteva finire.

Non l'aveva voluta, certo, all'inizio, ma ora non poteva
restare lì a guardarla agonizzare.

«Salva la mia bambina» disse.

L'Oscuro Signore si mise a ridere.

CAVALLO BIANCO
CONTRO RE NERO

Dall'istante in cui era nata, Hania aveva desiderato essere al cospetto dell'Oscuro Signore. Sempre aveva conservato dentro di sé quel pensiero come l'apogeo del suo destino.

Ora, mentre il suo respiro diventava sempre più corto e stentato, mentre ogni forza la abbandonava, Lui era comparso.

La parete invisibile che la ingabbiava fermava l'aria e imprigionava il suo essere in una cella invalicabile, ma non intralciava né la luce, né i suoni, né le immagini, né le voci. Rinchiusa in quella immateriale gabbia che stava per diventare la sua bara, Hania vide il duello di sua madre, la vide disperata attorno a quella che stava per diventare la sua tomba. Sentì tutti i rumori, ogni sillaba pronunciata. Sentì il ronzio delle mosche sul sangue dei cavalli e poi su quello dell'uomo che sua madre aveva ucciso per salvarla. Sentì la voce di suo Padre, vide la sua Ombra inghiottire la luce del pomeriggio.

La felicità la riempì, per poi abbandonarla.

Nemmeno suo Padre poteva fare nulla per salvarla. La crudeltà che la imprigionava e la uccideva era eccessiva anche per lui.

Poi, alla sua mente sfinita, ma ancora lucida, arrivò il senso esatto delle parole, il tono. Non è che suo Padre ci si stesse dannando, per la disperazione della sua perdita. In più, non era vero che lei era insalvabile.

Nei pochi istanti in cui la sua mente aveva ancora avuto la potenza di muoversi, le formiche e gli scorpioni sotto di lei avevano confermato. In basso l'influsso dell'Acqua Sacra non arrivava. Bisognava scavare. Bastava scavare.

Sua madre, se avesse scavato, invece di continuare l'inutile e teatrale gesto di spaccarle le orecchie con il fragore della spada sulle pareti di incantesimo, forse avrebbe potuto tentare di salvarla. Anche se con una spada sua madre non ce l'avrebbe fatta, non in tempo.

Ma suo Padre la conoscenza ce l'aveva e la forza anche, non era pensabile che lui non sapesse, non era pensabile che lui non potesse.

Sua madre era scema, ma perlomeno ci aveva provato a salvarla e si era anche disperata per non essere riuscita. Aveva dannato la sua esistenza per Hania, diventando una reietta, ed era una principessa. Era stata disposta a offrire la sua vita per quella di Hania persino a suo Padre.

Quell'altro si perdeva in sghignazzi e minacce mentre lei agonizzava, invece di scavare.

Di nuovo Hania si pose il problema: perché lei aveva dentro di sé l'informazione sulla forma della ellissi delle galassie e nulla sul suo pericolo principale? Dell'Acqua Sacra non aveva saputo nulla, nemmeno che lì, alla Valle degli Zampilli, ce ne fosse la fonte.

Un barlume di dubbio cominciò a serpeggiare e divenne certezza nelle parole di suo Padre. La sua mente era agonizzante, ma lucida e, inoltre, qualsiasi mente trova facilmente la via, quando di via ce ne è una sola.

Lei era stata creata per morire, il più presto possibile, dannare il mondo con il suo assassinio.

Suo Padre beatamente lo confermò. Anzi, suo padre. La maiuscola poteva darla per persa.

La collera cominciò a montare. Lui l'aveva storpiata. Come la mendicante aveva accecato il suo bambino ancora neonato, come l'altra donna aveva spaccato le gambe al suo.

Lei era stata resa storpia: incapace di parlare, incapace anche solo di guardare in faccia sua madre, incapace di sorridere, squassata da una nausea atroce per un sorso di latte, sempre in bilico tra il voltastomaco e la fame.

La furia invase la mente di Hania.

«Non toccare la mia bambina» disse sua madre all'Oscuro Signore e, incredibilmente, mentre si stupiva, la mente di Hania provò un sussulto di qualche cosa. Non sapeva bene cosa, ma era qualcosa.

Lei era il bambino di qualcuno. Cioè, no, lei non era di nessuno, però insomma… C'era qualcuno che dichiarava con fierezza che lei era la sua bambina.

Hania respirò profondamente. Il qualcosa era affetto? "Affetto" era una parola grossa. Appartenenza forse.

L'Angelo Oscuro agitò una mano. Una catena d'argento comparve, sinuosa e veloce come un serpente, serrò il polso destro di Haxen al tronco dell'acacia. La stretta fu tale che lei lasciò la spada.

Una folgore squarciò l'aria: era caduta a poche spanne da Haxen. Immediatamente dopo, arrivò, assordante, il rumore del tuono. Poi ancora folgori e ancora tuoni. Una folgore colpì l'albero che si incoronò di ghirlande di fiamme.

«Mi piace la folgore» disse l'Angelo Oscuro. Ormai erano al dialogo amabile. «Non amo la pioggia. Il fuoco e il deserto sono il mio luogo, ma la folgore ha una sua grandiosa bellezza. Non farti illusioni, stolta femmina. Avrai solo la folgore e il tuono. Nessuna pioggia verrà in tuo soccorso».

ॐ

Hania guardò l'albero che bruciava. La catena si sarebbe arroventata, le fiamme avrebbero raggiunto il corpo di sua madre. Haxen cercava di allontanarsi il più possibile.

Non era una prova di potenza bruciare vivo qualcuno su cui hai un maggior potere, dopo averlo incatenato. Era una cosa da povero idiota.

Il Cavaliere di Luce, lui, non lo avrebbe fatto mai.

I forti si battevano con i forti. I poveracci si battevano con i disarmati.

Di nuovo Hania si scagliò istintivamente contro le pareti della sua prigione.

E, questa volta, le superò.

Non c'era più nessuna costrizione.

L'incantesimo era finito. C'era solo il cerchio di sabbia bagnata, nulla di più.

Era libera.

Hania sentì la forza dentro di sé, una potenza infinita.

«Non toccare mia madre» disse.

Una voce chiara, calma, forte, come se avesse parlato

da sempre. In realtà, nessun suono interruppe quello del vento. La sua voce risuonò nella sua mente, e in quella del padre.

Hania avanzò a grandi passi. Si mise tra sua madre e il Signore delle Tenebre.

«Come sei uscita dal cerchio di Acqua Sacra?» chiese il demone.

Come ci era riuscita? La collera? Il non volere che Haxen fosse uccisa? Il disprezzo forse.

In realtà non era lei che era uscita, che aveva sfondato, era stata la gabbia che si era dissolta. Doveva capirlo e rispondere qualcosa di intelligente, qualcosa che lo distruggesse.

La verità arrivò, e il suo duello poté cominciare.

Hania allargò le braccia. Il tono era quello sereno e molto annoiato di chi sta spiegando una cosa ovvia a un deficiente. Si ricordò anche di parlare lentamente e scandire le parole.

«Io sono sua figlia» disse indicando Haxen. «Gli uomini possono scegliere. Noi uomini, possiamo scegliere. Noi possiamo scegliere se fare o non fare. Io ho la scelta tra essere un demone, e l'Acqua Sacra mi ferma, o non esserlo. Se scelgo di non esserlo sono libera. Era evidente a chiunque non fosse stupido».

Tono cantilenante sulla parola "stupido".

«Per metà sei figlia mia» urlò l'Oscuro Signore.

Era riuscita a farlo andare fuori dai gangheri.

Un punto per lei.

«Un po' meno di metà. Già all'inizio è stato metà più un pezzetto per mia madre: lei mi ha portato nel suo ventre. Questo fa la sua differenza. Mi ha dato il suo latte e mi ha salvato la vita, più di una volta, rischiando la sua.

Tu mi hai messo al mondo solo per trarre un guadagno dalla mia morte».

«Io sono tuo Padre» ringhiò il demone. «Io ti ho generato. Tu devi a me la tua insulsa vita. Tu mi devi fedeltà, lealtà e gratitudine».

«Piano con le parole grosse» rise Hania. «Perché dovrei schierarmi dalla tua parte? Sei disposto a uccidermi non appena ti torna comodo, è evidente. Per schierarmi dalla tua parte dovrei fare un sacrificio. E i sacrifici si fanno solo per amore. Perché dovrei amarti? Anzi, la domanda corretta è: 'come hai potuto essere così sciocco da pensare che l'avrei fatto?'»

Hania si godette la collera. Nulla imbestialiva l'Oscuro Signore come l'accusa di ingenuità. E lei lo sapeva. Una delle tante cose che sapeva da sempre, che sapeva e basta. Lei sapeva come batterlo. Doveva farlo sentire ridicolo e stupido. La collera le serviva. Doveva fargli perdere di lucidità, fargli commettere un errore, non sapeva quale, e poter mettere al sicuro se stessa e la madre.

«Vuol dire che non calcoli le cose» continuò. «Non hai calcolato mia madre». L'altro ghignò, ma stava perdendo colore, era meno nitido. «Non hai calcolato Dartred».

«Quello lì? Lo impiccheranno con la luna nuova!»

Quindi era ancora vivo!

«Mi hai storpiata» disse Hania. Dovette fare uno sforzo perché non risuonasse la sua collera. «Mi hai fatto nascere storpia. Mi hai fatto nascere solo perché io venissi uccisa, e mi hai fatto nascere storpia, incapace di parlare, incapace di sorridere, con la nausea davanti alle cose più elementari, il latte, la pappa, la ninnananna, proprio perché così era più facile che fossi ammazzata. Lei non mi ha voluto, ma ha salvato la mia vita, l'ha protetta, l'ha guidata. E adesso ti stupisce che io sia nell'esercito avversario. La tua ingenuità è disarmante. Posso dirti che rasenta l'imbecillità? Forse non la rasenta, ci nuota dentro, come un pesciolino in uno stagno. Mi piacciono i pesciolini, soprattutto verdi e azzurri. Credo che il verde e l'azzurro siano i miei colori preferiti. Anzi no, il mio colore preferito è il rosa».

Tono lieve, canzonatorio, scempiaggini.

«Mi hai storpiata, mi hai fatto nascere storpia, e l'incapacità di parlare ormai non potrà mai più essere risolta» disse Hania.

Dovette fare uno sforzo supremo perché la collera e il dolore e la vergogna non trasparissero, perché il tono restasse allegro, scanzonato, derisorio. Non doveva trasparire la paura per Haxen, come doveva restare nascosta l'urgenza di soccorrerla.

«E con tutto questo hai la stupidità di pensare che abbia per te affetto, dedizione e gratitudine».

Quello era l'Oscuro Signore: era il suo scopo causare collera, e dolore e vergogna. Quindi fargli sapere di una sua vittoria non poteva che aumentarne la potenza. Il terrore che se ne aveva, il lamento per la sofferenza che aveva causato lo rendevano infinito, mentre il dubbio e lo scherno lo diminuivano fino alle dimensioni di uno scorpione.

«Mi hai storpiato e poi ti aspetti che ti ami, che resti fedele. Ma che povero idiota!» rise. La sua voce suonava divertita. Da sbellicarsi.

Era stata storpiata, la nausea l'aveva devastata per quasi tutta la sua vita, sarebbe stata muta per sempre, ma doveva ridere, se voleva distruggerlo.

E lei voleva distruggerlo.

Solo così avrebbe salvato la vita di Haxen. Non solo quella di Haxen. Avrebbe salvato la vita di Dartred, che era ancora vivo, a quanto pareva, e che sarebbe rimasto in vita un tempo più che sufficiente perché loro potessero andare a riprenderselo.

Avrebbe salvato il regno, quel piccolo regno delle Sette Cime circondato da nemici tremendi, minato da tradimenti ignobili.

E soprattutto avrebbe salvato se stessa, perché solo se l'altro fosse scomparso lei sarebbe stata libera.

L'Oscuro Signore sbiadiva. Ma il fuoco era arrivato pericolosamente vicino ad Haxen, che emise un grido.

Questo ridiede forza all'Ombra, che riprese forma e colore.

Haxen stava per bruciare, l'Ombra avrebbe vinto.

Hania doveva liberare sua madre. Tutti i suoi poteri e la lama della spada: poteva tagliare il ramo dell'albero cui era bloccata la catena. Si precipitò a prendere la spada.

L'Ombra scoppiò a ridere, un riso gelido.

«Ma certo, figlia, fammi vedere quanto sei intelligente» ghignò.

Hania capì. Sarebbe stato inutile, a ogni ramo tagliato ne avrebbe fatto crescere un altro.

Ora l'Ombra recuperava potenza.

Haxen sarebbe morta, il suo corpo magnifico di donna giovane che aveva portato Hania, che l'aveva nutrita, sarebbe diventato un ammasso carbonizzato.

Hania sentì l'orrore, non voleva che succedesse. Non voleva che succedesse e non poteva fare niente.

Successe una cosa strana, una sensazione bizzarra agli occhi, la sua vista si sfuocò.

Stava piangendo.

Era di spalle, suo padre troppo impegnato a ridere non se ne accorse. Hania strinse i denti.

Il Cavaliere di Luce combatte fino alla fine, anche se è inutile, anche se la battaglia è persa. Il Cavaliere di Luce non si arrende mai.

Hania sarebbe morta di fianco a sua madre cercando di proteggerla dal fuoco. Lei era il Cavaliere. Potevano toglierle la vita, non il suo ruolo. Non poteva salvare sua madre, avrebbe salvato l'onore del mondo. Haxen aveva salvato l'onore del mondo diventando madre. Lei lo avrebbe salvato diventando figlia.

Alla fine suo padre aveva vinto.

Non importava. Si sarebbe battuta lo stesso, fino alla fine, di fianco a sua madre. Era nata Figlia dell'Ombra e moriva da Cavaliere di Luce.

Aveva scelto.

La sua piccola mano si strinse attorno all'elsa. Era la prima volta che la toccava. Una potenza infinita arrivò attraverso il braccio fino a lei. La bimba rimase un istante allibita. La spada era un oggetto magico? E di quale magia? Perché lei non lo sapeva, e perché non lo sapeva suo padre? Strinse l'elsa e, a ogni istante, sentì la sua forza aumentare.

Si avvicinò alla madre e, con colpi forti, cercò di tagliare il ramo cui era legata la catena.

Il fuoco la investì, il calore era insopportabile.

«Vattene» urlò sua madre. «Tu resta viva, non rendere tutto inutile!»

Ma Hania, con un unico colpo, tagliò la catena che la legava. Non ci fu alcuna resistenza, fu come tagliare un filo di lino e, al contatto con la spada, la catena si sciolse nell'aria.

L'Ombra smise di ridere.

«Come è possibile?» sibilò. «Non c'è nessuna magia in quella spada».

Hania teneva la spada in pugno.

Era bello, se non moriva quel giorno avrebbe fatto il guerriero. Un motivo in più per restare viva. Guardò la spada. Come era possibile? Quale era la magia?

La spada era di sua madre. Era stata fabbricata su ordine di suo nonno e suo nonno era in un certo senso il Cavaliere di Luce. Molte delle avventure raccontate erano sue. Sull'elsa, nella spada, doveva essere rimasto qualcosa della sua forza. Era stata fabbricata dal padre di Dartred, uomo onesto e fedele e buono se somigliava a suo figlio e poi c'era stato anche un nano. Il nano. La potenza dei nani. C'era qualcosa in quella spada che Hania ignorava, perché anche suo padre non ne aveva mai saputo nulla, un segreto celato anche a lui, qualcosa che aveva il colore della rugiada dei boschi, del vento sulle colline. E poi c'era stato il sacrificio: Hania per un istante aveva pensato di sacrificarsi per sua madre, un'idea un po' scema, certo, suo padre ci si sarebbe sbellicato, però quello evidentemente era un incantesimo. C'erano incantesimi anche fuori delle arti di suo padre. L'affetto, la rinuncia avevano un loro ancestrale potere.

Hania si sentì forte. Si sentì fuori dalla sua tremenda solitudine. Da sempre aveva voluto incontrare suo padre per poter dire "noi", invece che "io".

Il "noi" c'era, ma non con lui. Con Haxen, con il nonno cavaliere che aveva fabbricato quella spada. E poi "noi" sarebbe stato con altri. Con Dartred. E poi forse ancora qualcuno sarebbe venuto a far parte del "noi": fratellini.

Hania impugnò la spada e avanzò verso l'Ombra, che di nuovo aveva ricominciato a perdere potere.

Lei e l'Ombra erano come le due parti di una clessidra e la potenza era la polvere che colava dall'una all'altra e che poteva aumentare in una metà se si riduceva nell'altra. Sua madre, suo nonno, la spada, tutto dava potenza a Hania e tutto quello ché dava potenza a lei la levava al mostro.

«Vattene, ti ho sconfitto» ingiunse Hania. Alle sue spalle sentì Haxen tossire. Ormai era al sicuro, lontana dall'albero in fiamme.

«Sconfitto? Un nemico è sconfitto quando è a terra che agonizza. Oppure è morto. Ti sembro morto? Ti avrei risparmiato, ma ora la tua arroganza non mi lascia scelta» disse l'Ombra.

Un muro di fuoco si alzò attorno a Hania e Haxen. Le fiamme erano altissime e ancora distanti, ma si stavano avvicinando.

«Ora fammi vedere quanto sei astuta» disse l'Ombra, ma la sua voce era tenue: non si era ancora ripreso dal colpo di non aver capito, di non capire come la spada avesse potuto sciogliere la sua magia.

Haxen corse vicino ad Hania e l'abbracciò, ma la bimba si liberò dall'abbraccio.

Quello non era il momento di abbracciarsi e piangere insieme. Era molto più potente di suo padre, anche in mezzo a quelle lingue di fuoco, eppure non riusciva a trovare una via di uscita nei muri di fiamme. Cercò di abbassarle, ma immediatamente si riformavano.

Non era ancora finita. Tutt'altro. Doveva solo pensare.

Sentì il viso avvampare. Da un momento all'altro le vesti sue e della madre avrebbero preso fuoco.

Finalmente Hania capì.

Non doveva abbassarle, doveva spegnerle. Ci sarebbe voluta dell'acqua. E dove prenderla? Ovvio.

La pioggia.

Il cielo era pieno di nuvole nere.

Quel genio di suo padre aveva riempito il cielo di grandi nuvole nere. Non c'è folgore senza nuvole, per poter fare qualche folgore di qualità, il suo geniale padre aveva riempito il cielo di acqua. Tanta acqua. Anche le nuvolette piccine e carine, quelle tutte bianche nel cielo blu erano fatte di libbre e libbre di acqua, centinaia di libbre. Lì ce ne erano milioni.

Hania concentrò tutta la sua potenza sulle nuvole, e la loro acqua si trasformò in pioggia.

Il fuoco si spense.

E nel fragore del temporale, l'Ombra cominciò a rimpicciolire. Poi ad agonizzare.

La pioggia sul deserto, certo, la pioggia durante la siccità. La pioggia era acqua. L'acqua spegneva il fuoco. E inzuppava i vestiti. Hania si trovò fradicia, con i capelli incollati alla faccia e fu bellissimo. Molto.

Certo.

Proprio bello.

Ma lei era Hania. Lei non odiava l'acqua?

Non più! Era passato. Fino a quel momento aveva odiato l'acqua. Era qualcosa che suo padre le aveva messo dentro per il piacere di complicarle ancora un po' la vita, oppure lei ce l'aveva dentro semplicemente perché ce l'aveva dentro lui?

Anche per suo padre l'acqua era debolezza e nausea?

Hania ricordò. Le donne al mercato avevano parlato della siccità. Avevano detto che la pioggia sarebbe stata

Acqua Sacra. Durante una siccità qualsiasi acqua è sacra. Forse era possibile che ogni acqua fosse dannosa per suo padre, ma quella che pioveva durante la siccità lo era di più.

Hania gettò uno sguardo all'otre lasciato a terra dallo scudiero. Aveva un'arma.

L'acqua avrebbe spento il fuoco, certo e, forse, avrebbe indebolito l'Ombra, perché c'era qualcosa di sacro nella pioggia: la compassione del cielo per la terra.

SCACCO AL RE

L'ombra aveva di nuovo preso densità e colore. Si era ingrandita. Il fuoco ormai era ovunque attorno a loro.

Haxen aveva guardato Hania. La bambina aveva restituito lo sguardo, era la prima volta, poi aveva alzato gli occhi al cielo, quel cielo gonfio di nuvole e avaro di pioggia.

La bimba aveva alzato al cielo quel suo visetto chiuso, sempre imbronciato, ed era restata lì immobile a fissarlo, mentre la risata dell'Oscuro Signore risuonava isterica.

Il visetto della bimba si era riempito di fatica, una fatica talmente tremenda che era diventato sofferenza. Haxen stava per bruciare viva e, ancora peggio, con lei stava per morire Hania, ma ugualmente aveva provato una stretta al cuore vedendo il faccino della sua bambina stravolto dalla pena.

Poi, improvvisamente, Hania si era illuminata. Aveva sorriso. Bellissima, come mai era stata.

Anche Haxen aveva alzato lo sguardo. E aveva visto. Le aveva viste: milioni e milioni di minuscole gocce d'acqua si stavano staccando da quella volta infuriata per scendere dolcemente sulla terra, sfrigolando sulle fiamme che erano diventate sempre più basse e rade, e poi erano scomparse. Le gocce erano rimbalzate sul suolo arido sollevando polvere, ma poi lo avevano inondato. L'albero era divenuto immediatamente un tizzone nero, gonfio d'acqua.

Le gocce continuavano a cadere.

Haxen aveva cercato con gli occhi l'Angelo dell'Oscurità. L'Ombra si era accartocciata su se stessa. La pioggia lo infastidiva, o forse era il fatto che Hania l'avesse causata per salvare lei che rendeva quell'acqua dannosa al malefico essere.

La pioggia era talmente fitta che non riusciva quasi a tenere gli occhi aperti.

Con difficoltà, aveva visto che Hania era sparita.

Poi, finalmente, la bambina ricomparve. Trascinava l'otre, quello del paggio. Era andata a riempirlo. Acqua Sacra! Quindi per lei ormai era innocua. La bambina non aveva più niente di infernale, salvo i poteri.

Rovesciò l'otre per terra e il liquido si sparse, investì l'Ombra, che emise un lungo gemito agonico, e poi scomparve, si spampanò in mezzo alle gocce, scolò nel fango.

Haxen sentì una meravigliosa leggerezza invaderla. Il nodo della catena che ancora le fermava il polso si dissolse.

«Grazie» disse a sua figlia.

Hania rispose con un cenno vago.

La pioggia continuava a cadere.

«È andato?»

La bimba annuì di nuovo.

Ora poteva annuire e anche guardarla in faccia.

Con un gesto Haxen indicò la pioggia.

«Non ama la pioggia?»

La bimba annuì.

«Non ama la pioggia» si ripeté Haxen.

Rimasero così, una di fianco all'altra, sotto la pioggia scrosciante, che poi lentamente si diradò.

Haxen sentì la felicità riempirla. Era viva. La sua bimba era viva. Aveva scongiurato la minaccia. Il mondo era salvo. Lei aveva sconfitto il Signore delle Tenebre e degli Inganni. Avevano scongiurato la catastrofe.

L'Oscuro Signore si era allontanato.

Erano vive, libere. Il mondo era libero.

L'Oscuro Signore era stato sconfitto. Lei e la sua bambina avevano fatto quel miracolo.

«Ora potrai parlare? Forse con il tempo?» chiese.

La bambina scosse la testa.

La pioggia cessò. Le nuvole si diradarono interrotte da squarci di azzurro.

La sua bimba era davanti a lei. La sua bellissima bambina imbronciata, il suo piccolo istrice.

Il suo piccolo istrice benefico con dei poteri straordinari.

Hania indicò il ciondolo di Dartred nella bisaccia e poi fece strani gesti.

«Ho sentito, è ancora vivo. La luna nuova sarà tra dieci giorni e noi siamo a cinque giorni di marcia, lo so. Ma come liberarlo? Se vado metterò a rischio la tua vita. Ma non posso non andare, non posso restare qui mentre lui muore».

Haxen si interruppe. Abbassò la testa. Non poteva non andare e lasciarlo morire solo. Non poteva andare e così esporre la bambina a un pericolo mortale.

Hania si accucciò e sfiorò la terra fradicia con le mani. La terra si aprì e una minuscola piantina comparve, crebbe rapidamente e mise un bocciolo, che sbocciò in un fiore di tarassaco, un piccolo fiore fatto di un'esplosione di petali gialli.

La bimba colse il fiore e glielo offrì, sempre un po' imbronciata, sempre senza cambiare espressione. Haxen si chiese se poteva abbracciarla, baciarla forse, magari sollevarla tra le braccia. Niente da fare. La sua piccolina si era già girata e si stava allontanando, con le spalle strette, la testolina china, le mani conserte dietro la schiena.

Quello, forse, era il massimo di intimità tra di loro. Almeno fino a quel momento. Peraltro la sua bambina le aveva dato un fiore. Aveva fatto il gesto normale di tutte le bimbe normali: cogliere un fiore per la mamma, per consolarla. Haxen sentiva il dolore per Dartred che la feriva come una lama e, insieme, la voglia di danzare, di ridere. Era viva, madre di una bellissima bambina capace di fare il gesto di cogliere un fiore e offrirlo a sua madre.

«Sai» le confessò. «Anche io coglievo i fiori per la mia mamma quando ero bambina».

Il Cavaliere di Luce

Hania non sapeva parlare. Quella cosa lì era invincibile. Chissà, certo, con il tempo, aveva detto la madre speranzosa.

Lei sapeva che non c'era nulla da fare, mai ci sarebbe stato. Se ne rendeva conto.

Aveva preso nella bisaccia di Haxen il ciondolo di Dartred, lo aveva mostrato a sua madre, poi con il dito aveva indicato la direzione dove si trovava la città di Kaam.

Con un gesto ampio aveva indicato prima sua madre poi se stessa e infine con le dita della destra aveva imitato il movimento di due gambe che camminano. Poi aveva mostrato di nuovo il medaglione.

"Tu e io adesso andiamo a Kaam a liberare Dartred, perché è il tuo sposo, e il padre dei figli che avrai, stupida amata madre, cosa altro vuoi fare?"

Era evidente.

Era un discorso chiaro e infatti Haxen aveva capito.

«No» aveva detto con voce ferma chiara. «Posso rischiare la mia vita, ma mai potrei rischiare la tua» si era sentita in dovere di specificare. Hania aveva annuito esasperata, poi aveva rifatto tutti i segni: "Tu e io ora camminiamo fino a Kaam e liberiamo Dartred".

«E come vorresti che lo liberassimo,» aveva domandato Haxen «adorata figlia?» aveva concluso con un sorriso tristissimo. «Sole, contro una guarnigione».

Hania sbuffò. Era proprio scema. Brava donna, per carità. Campione appunto di carità e compassione. Bravina anche con la spada, niente di eccezionale, ma diventava notevole se si calcolava che era femmina. Quanto a intelligenza però, veramente non capiva mai niente, arrivava sempre dopo, tanto dopo.

Si fece venire in mente qualcosa di veramente straordinario, perché sua madre intuisse quanto i suoi poteri erano aumentati. La nascita di una pianta. Presupponeva capacità di creare il seme dal nulla, accelerazione dei processi di accrescimento, spostamento di materia a costruire stelo, foglie e fiori, spostamento di energia per la creazione della clorofilla nelle foglie e del colore nei petali.

Hania offrì il prodigio, il fiore di tarassaco, all'attenzione di sua madre. Anche un gatto avrebbe capito il messaggio.

Sua madre ricordò con aria sognante come anche lei avesse offerto fiori alla propria di madre, l'arpia che voleva ammazzare Hania alla sua nascita.

Certo. Non stentava a credere che sua madre avesse passato l'infanzia a cogliere fiorellini e offrirli all'arpia. Era il tipo da fare cose del genere. Anche lei avrebbe offerto un mazzo di qualcosa alla nonna, se mai l'avesse incontrata: aconitum album, belladonna, digitale, ortica ed edera velenosa. Un sontuoso mazzolino.

Da capo.

Il messaggio era che il suo potere era aumentato, e doveva farlo capire alla desolata e desertica intelligenza di sua madre. Con la punta del piedino Hania scavò sulla terra un pertugio, un pochino più grosso di quello da cui era nato il piccolo fiore, poi si mise lì ad aspettare, immobile, braccia conserte dietro la schiena, testa china, faccina imbronciata. Dalla terra uscì un alberello. Uscì e crebbe, diventando, nello spazio di pochi respiri, un albero magnifico, di una bellezza imperiale e, appesi ai suoi rami coperti di foglie di un verde intenso, magnifico come quello dello smeraldo, grossi melograni comparvero. Hania ne colse uno e lo offrì a Haxen.

Il melograno era più grande del tarassaco, quindi ci voleva un potere maggiore. I suoi poteri erano aumentati. Lo avrebbe capito anche un topolino. Un barlume di intelligenza sembrò illuminare l'espressione di Haxen.

«È bellissimo» balbettò incantata. «Possiamo fare crescere i melograni nel deserto. È questo che vuoi dire?»

Certo, nel deserto avrebbero fatto crescere i melograni, i meloni e le piante di fagiolo, il deserto sarebbe fiorito, avrebbero ricavato olio e vino, sesamo e girasole, ma dopo. Ora dovevano recuperare Dartred e il regno, che se ne stavano per andare in malora entrambi.

Hania schioccò le dita della destra, e poi si rimise con le mani dietro la schiena, le spalle strette, la testa china. Quella era la realtà, avrebbe passato la vita con i deficienti.

Per un po' non successe niente, poi non successe niente, poi dalla terra, da ogni sasso, da ogni pozza di acqua che la pioggia aveva appena formato, cominciarono a formarsi turbini di tempesta che si alzarono in cielo con terrificanti ruggiti, divorandosi gli uni con gli altri, lasciando quieta e intatta solo la minuscola porzione di terra attorno a loro due.

Haxen aveva il viso sconvolto, mentre il fragore da incendio squassava la terra e assordava i viventi. Era pallida di terrore, benché capisse, certamente era abbastanza intelligente da capirlo, che tutto quello era agli ordini di sua figlia. Una piccola capra fu sollevata dal vento in un vortice ciclopico.

Hania sciolse le mani conserte dietro la schiena, schioccò di nuovo le dita, un piccolo "snap" che però in qualche maniera si udì al di sopra del fragore, e tutto disparve, il cielo ritornò azzurro, le mosche ricominciarono a ronzare, un passero osò far sentire la sua voce.

La capra fu depositata dolcemente dal vento sulla cima di una piccola duna. Fece qualche passo barcollando, poi stramazzò al suolo, sfinita. Haxen si guardò attorno, attonita, stordita. Il suo sguardo continuava ad andare alla capra.

«Hai una potenza straordinaria» balbettò. «Perdonami, so che è una domanda stupida, molto stupida, in un momento come questo, ma la capra si riprenderà, vero?»

Hania annuì, tre volte. Sì, lei aveva una potenza straordinaria, sì la capra si sarebbe ripresa e, sì, la domanda era veramente molto stupida.

«Hai vinto il Signore delle Tenebre» riuscì finalmente a capire Haxen. «Quindi hai acquisito qualcuno dei suoi poteri».

Fuocherello.

Il potere di Hania era enorme. Non aveva i poteri dell'altro, adesso, non tutti, non sarebbe stato pensabile, ma ne aveva un bel po'.

Aveva il corpo di una bambina di tre anni, i poteri di un Angelo Immortale, e la mente che era a metà strada tra un essere infinito e un moccioso. Poteva essere una creatura interessante, tutto sommato.

«Hai una parte dei suoi poteri!» capì finalmente Haxen.

Hania si concesse di annuire. Indicò di nuovo verso Kaam. Potevano andare?

«Sì» rispose Haxen. «Credo che possiamo andare. Credo che possiamo liberarlo senza che tu corra alcun rischio. Però prometti vero? Non correrai alcun rischio?»

Hania sbuffò e poi dette per la seconda volta il suo vago cenno di assenso. Che non ci si abituasse, sua madre, a tutta quella comunicazione. Lei non amava troppo conversare.

«Aspetta. Io ho ucciso un uomo» disse Haxen.

Bene: uno di meno. Ogni nemico ucciso era uno che non bisognava più combattere e che non avrebbe mai più fatto la posta per ammazzarle o trascinarle in catene.

«Dobbiamo dargli una sepoltura degna. Il rispetto del corpo del nemico è una delle differenze tra le guerre fatte con regole d'onore e quelle fatte senza».

Senz'altro. Potevano dare degna sepoltura e anche portare i fiori una volta l'anno. O anche due volte l'anno. Una volta che i nemici erano morti si poteva anche tirare fuori la cortesia, perché no?

«Dato che è impensabile mettersi a scavare in mezzo a un deserto senza badili, né picconi, la degna sepoltura sarà simbolica» disse Haxen girandolo sulla schiena.

Come se dormisse, in maniera composta, chiuse i suoi occhi, giunse le sue mani, poi raschiò un pugno di terra polverosa e la sparse sull'uomo.

«Che la luce accolga il vostro spirito» recitò. «Vi chiedo perdono per avervi ucciso, per avervi tolto la vita che vostra madre vi aveva dato, e vi do il mio perdono per avermi costretto a uccidervi, a levarvi la vita che vostra madre vi aveva dato. Conosco il vostro nome e porterò memoria di voi, pregherò che siate nella luce, che nella luce abbiate potuto ritrovare i vostri antenati e nella luce possiate attendere coloro che amavate».

Hania riuscì a guardarla in faccia e annuire. A lei i nemici piacevano morti, né feriti né incatenati, proprio morti. Non era solo che un nemico morto non poteva più danneggiare, che non bisognava spendere denaro ed energie per tenerlo rinchiuso, non bisognava nutrirlo con il rischio permanente che evadesse e ricominciasse a essere un pericolo e un problema. Era la simmetria di tutto l'insieme: avevi ucciso chi aveva cercato di ucciderti. La volontà di uccidere causava volontà di uccidere, e quindi alla fine la volontà di uccidere era dalle due parti, un gioco di geometrie simmetriche, che quindi generava una catarsi. Nel dolore della propria morte colui che aveva voluto darla poteva ritrovare l'umanità smarrita. Nell'attimo in cui era stato ucciso, l'uomo aveva pronunciato le sillabe "mi dispiace". Era stato solo un sussurro: Haxen non lo aveva udito, ma Hania compensava il suo non poter parlare con la capacità di udire il battito delle ali delle farfalle, nessun suono poteva sfuggirle. Quindi anche lei prese una manciata di terra e la posò sul corpo dell'uomo.

Non era solo un gesto tanto per fare. In un certo senso era stato bello. Non appena il pugno di terra di Hania si era aggiunto, la terra dolcemente si era aperta in una vera tomba e aveva accolto l'uomo.

Sua madre la guardò e Hania si permise un piccolo sorriso condiscendente, indicando il melograno.

Poteri. Tanti.

Poi, finalmente, lei e sua madre si avviarono un passo dopo l'altro verso la città di Kaam, per andare a liberare quello che sarebbe stato il padre dei suoi fratelli.

Una banda di deficienti, certo, ma forse, addestrandoli già da subito, incominciando presto a insegnare loro le cose, magari avrebbero potuto essere dei buoni scudieri. Anche la magia, certo se uno ce l'aveva ce l'aveva, ma un pochino si poteva anche insegnare. Una banda di deficienti, certo, come i loro genitori, però sarebbe stato anche divertente avere qualche fratellino cui insegnare qualche trucchetto.

Certo i suoi fratelli sarebbero diventati gente cui era meglio non pestare i piedi.

∞

La mamma ricominciò a raccontare del Cavaliere di Luce. Era il racconto più insulso e più stupido che avesse mai fatto. Evidentemente quando era triste e disperata, le storie le venivano meglio.

All'inizio non era male, il Cavaliere di Luce si batteva contro degli orchi che avevano rapito dei bambini, ma poi la storia si perdeva in ghirigori e scempiaggini.

Il Cavaliere di Luce si sposava.

Per più di due leghe la mamma descrisse la veste nuziale della sposa, la coroncina nuziale di fiori bianchi che portava sulla testa, l'anello nuziale, le portate al banchetto nuziale. La parola "nuziale" correva saltellando dappertutto come una cavalletta.

Haxen descrisse la damigella.

A quanto pareva la sposa del Cavaliere di Luce aveva già una bambina sua, e questa partecipava al matrimonio anche lei con una coroncina di fiori sulla testa e un velo.

Comunque, per fare la damigella non contassero su di lei. Lei era Hania, della casata delle Sette Cime, Signora dei Lupi, Padrona della Mente degli Orsi, e sarebbe diventata un Comandante per la libertà dei popoli, e quella libertà l'avrebbe protetta con la violenza e la ferocia che sempre avrebbe avuto dentro, ma nel rispetto della giustizia.

Lei era Hania delle Sette Cime e aveva un lato oscuro, ma era anche l'erede del Cavaliere di Luce.

Avrebbe avuto uno stemma, con una spada e un lupo, e anche un albero di melograno.

Le piaceva il melograno: un cuore di chicchi fatti di dolcezza e di luce, protetti da una scorza opaca e dura.

Hania sorrise.

Si accorse di star sorridendo e che il sorriso veniva da dentro. Non aveva bisogno di controllare i muscoli, questo veniva da dentro.

Era bello sorridere. Qualche volta.

Meglio non esagerare. Però era bello.

E prima o poi, avrebbe detto alla madre che voleva una bambola.

Super aspidem et basiliscum
ambulabis et conculcabis
leonem, et draconem.

Sal 91,13 Vulgata

Camminerai sull'aspide e sul basilisco,
e calpesterai il leone e il drago.

INDICE